校對女王2

À la mode

宮木あや子
Ayako Miyagi

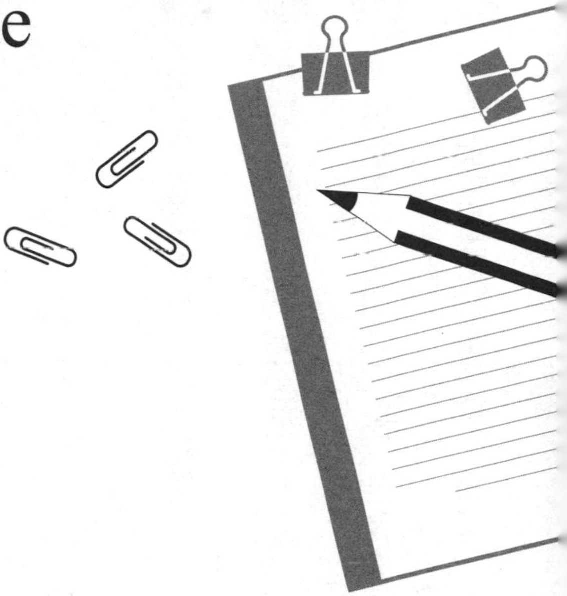

校對女王 2

À la mode

目錄

第一話
校對女王身邊的女孩・森尾

「這一集身為主角的我幾乎不會出現，所以就在這裡登場。研習筆記第一到六請看已出版的《校對女王1》！」

悅子的研習筆記 其之七

【括號（parenthesis）】經常在這部小說裡出現的這個↓（ ），以及長得類似這個形狀的符號總稱。〔六角括號〕和［方括號］超難區分的。還有〖空心方頭括號〗好像在唸咒語一樣，我很喜歡。另外，雖然和海盜與船長談判時發出的咆哮聲很像，但那個寫作「parlay」。是海盜的術語，有談判和打賭的意思。兩者在日常生活中都不常用。

「咦～森森，妳現在是Editor嗎！」

對方用打從心底感到驚訝的尖銳嗓音這麼問道。

「啊……嗯。」

而我也只能含糊無力地這麼回應。其實應該說是「The・編輯」才對。

在景凡社公司所在大樓的大廳，才走出電梯大廳，準備要外出進行拍攝工作，就被《Lassy》的讀者模特兒田端凱薩琳叫住了。時隔七年不見，居然直到現在還記得我，而且過了七年還認得出我來，真讓我嚇了一跳。但當年的藝名森森也太丟臉了！

「Unbelievable！我還以為森森一定會在國外呢！」

我也這麼以為呢——把這句話吞回肚子裡，硬是堆起笑臉。

既聰明又可愛，還是歸國子女，讀過貴族女子學校，精通英法日三國語言的青英分子（用社內大叔們的用語來說就是「雙語才女」。少了一個國家啦，不要忽略明擺著的第三國語言好嗎！）——這就是我七年前身上的光環。但現在呢，我變成了既聰明又可愛，卻因為工作量太過龐大，連帶整個人也跟著黯淡無光的出版社職員（用時下年輕人的用語來說就是「社畜」）。

「是哪一本雜誌？現在要出去採訪嗎？」

「《C.C》。不是採訪，是要準備拍攝。」

「負責拍的嗎～好辛苦喔！」

「負責拍」這種話，想來是經歷過「被拍」的人特有的說法。七年前，我也當過景凡社鎖定女高中生為讀者群的時尚雜誌《E.L.Teen》的讀者模特兒。凱薩琳也是。當時如果有人問到我將來的夢想，我一律回答「我想成為外交官」。因為父親都在海外工作，所以我直到上國中之前，都在各國的日本人學校之間不停轉學，但只對香港和比利時有印象。老家牆上還掛著在雅加達拍的全家福，但那時候我還太小，所以完全沒有記憶。

高中一年級的尾聲，跑到西麻布玩耍時被《E.L.Teen》的專屬寫手叫住，就那麼順水推舟地成了讀者模特兒，一直持續到高中三年級的夏天。當時凱薩琳已是頗有名氣的E.L.女郎（讀者模特兒），就讀國際學校，服裝打扮總是走在流行最尖端。因為大我一歲，活動重疊的時期只有一年，但那時候因為身高和氣質相似，除了拍照以外，我們兩人也經常一起擔任活動的特派員。

她不知道「森森」畢業以後的人生經歷。但是，森森很清楚凱薩琳在高中畢業後過著怎樣的生活。從國際學校畢業後就動身前往美國，畢業於加州的大學，但沒有留在當地工作，因為想念奶奶、爸比、媽咪和弟弟妹妹們就回國了。回國後進入日本的大型唱片公司任職，現在則是面對傳媒擔綱品牌代言人的當紅Lassy讀者模特兒。一連串的人生際遇像作夢般美妙而不真實。

——終於還是撞見了嗎？

我在心裡頭咂嘴，凱薩琳自然沒有發現。

「遇到妳好高興喔！噯，告訴我妳現在的聯絡方式！啊，問我的責任編輯就好了嘛！那我趕時間，下次再見嘍，Bye——！」

用英語滔滔不絕地講完，凱薩琳就旋風般衝進了電梯大廳。現場飄散著比她當年身上要成熟許多的香水味。

怎麼還沒開始工作，就覺得心力交瘁呢——重新揹好肩膀上又重又大的包包，走出自動門，早晨的太陽光耀眼得讓熬了整夜的雙眼刺痛不已，我忍不住皺眉。不行不行，這樣會變老的！

編輯欄上印有我名字的雜誌《C.C》都是提前一個月在一號發售，所以如果是一月號，發售日期就是十二月一號，拍攝工作必須在十月初到十月中旬間完成。雖然一月號感覺是一年的第一期，但向來都提前一個月發售的女性雜誌，一月號清一色是聖誕節特輯。聽說十年前的《C.C》曾推出規模浩大的「聖誕禮物特輯」，雜誌一半以上都是和品牌的合作廣告頁，為了拍攝飾品和手錶等琳瑯滿目的精品，每天都馬不停蹄地拍到了大半夜。而在我還就讀幼稚園的時候，鎖定較高年齡層的雜誌如《Lassy》和《Every》，一月號的雜誌還會推出皮草特輯。當然另外也有禮物特輯，但包包和小巧精品的價格就高達七位數。因為母親曾從國外訂購日本的雜誌來看，所以我有印象。

上午九點，從外拍巴士上拿出服飾和精品，穿著大衣和皮革外套的三名模特兒站在即將開門營業的兩層樓餐廳的大廳裡，遵照著攝影師的指示擺出姿勢。我、造型師和寫手三個人湊在攝影師助理操作著的平板電腦旁邊，檢查照片，看到有滿意的以後，再請模特兒換個新的姿勢。

團體照的第一輪拍攝結束後，接著要獨照的模特兒和造型師移動進餐廳內部，我則帶著另外兩人和造型師的助理回到外拍巴士上。望著換上下一輪拍攝要穿的服裝、造型師正替她整理造型的其中一名模特兒，先在旁待命的模特兒紗希開口問我：

「森尾小姐，這次一月號的封面是誰呀？」

「實里香。」

我回答，於是不只紗希，連正做著造型的艾蓮也啞然失聲，往我瞥來一眼。造型師早就知道了，所以只是安靜地繼續手頭工作。

紗希和艾蓮都是與模特兒經紀公司簽了約的職業模特兒。但是，實里香卻是去年才開始在《C.C》上露面的讀者模特兒，還是編輯部的職員不惜把觸角伸到地方大學的校花選拔，所挖掘到的門外漢。截至目前為止，都是由職業模特兒拍攝封面，這回也是《C.C》首次嘗試讓讀者模特兒擔任封面女郎。我在氣氛凝結的車內直冒冷汗，很怕她們會不會突然開始哭天搶地，害得化妝師把我臭罵一頓。豈料——

「嗯……畢竟實里香很可愛嘛。」

艾蓮只是語帶感慨地這麼說，紗希也回應道：「嗯，是很可愛呢！」我這才放下心頭大石，卻也有點反應不過來。這種時候不是應該要大發脾氣，追問「為什麼！」嗎？但是，後來現場的氣氛也沒有出現任何變化，拍攝順利進行。兩個女孩子甚至只因為拍攝空檔間提供的便當很好吃就歡天喜地，讓人不禁露出欣慰的笑容。

餐廳十一點開門營業，所以必須在三十分鐘前撤收完畢。因為主題是女孩子們的聖誕派對，就在眾人十萬火急地收拾著裝飾在四面八方的聖誕樹、蠟燭和進口點心時，其他雜誌的拍攝團隊從二樓走了下來。和我們不一樣，造型師揣在懷裡的服裝全是暗色系，架上還掛著絕不會刊登在《C.C》雜誌頁面上、閃著銀色亮光的狐毛長大衣。是哪間雜誌的拍攝小組呢？我聚精會神地觀察，造型師助理就湊到我耳邊悄聲說了：

「是Culture Japon旗下的《un jour》。」

Culture Japon是只專注在時尚這塊領域的出版社，旗下只出版兩本時尚雜誌和生活寫真書。我心領神會地點點頭，一名四十歲上下的女性看向我，身上穿著高級時裝，似乎是責任編輯。在她身旁是位北歐系的白人模特兒。編輯不知為何往這邊走來，輕輕點頭致意後，遞來名片。

「妳是責任編輯嗎？」

「啊，是的。您好，我是景凡社《C.C》雜誌部門的森尾。」

我也急忙從口袋裡掏出名片，與對方交換。Ena Yatsurugi這行名字上方，印著「rédactrice en chef adjointe」這行字。

「我們在二樓拍攝，希望沒有吵到妳們。」

「不會，完全沒有。不過，Culture Japon的副總編居然會親自到拍攝現場，真讓人驚訝呢。」

看了名片，我老實地說出自己的感想，對方顯得有絲驚訝，但馬上回答：「是啊，重要的拍攝我一定會到。」然後看向我們這邊與白人模特兒相比下，明顯矮上許多又沒有完美比例的模特兒們，露出了菩薩般和藹的微笑。看見她的表情，我才驚覺其實根本是在一樓拍照的我們吵到了她們。剛才是反諷。真的很對不起——正想要低頭道歉時，對方已經帶著模特兒走出了餐廳大門。

好像是時尚業界裡出了名的編輯，紗希和艾蓮還開心地發出了尖叫聲：「第一次看到本人耶！」但是，明明《C.C》的銷量是《un jour》的三倍，歷史也比對方悠久，早在三十年前就創刊了。雜誌上的商品也都落在讀者只要努力一下就能買到的價格範圍內，而且非常實用。然而綜觀整個時尚業界，刊登的商品都是日常生活中根本穿不到、價格也昂貴到一般人買不起的《un jour》，卻在時尚雜誌之間有著高人一等的地位。真是讓人匪夷所思。

「噯，紗希，妳以後也會想登上那本雜誌嗎？」

望著魚貫走上外拍巴士的《un jour》攝影小組，我問向抱著擺設用禮物盒的模特兒。

「不會，反而我也不可能嘛。可是，好嚮往喔～那邊也不用幫忙收東西吧。」

「不好意思喔，因為人手不足，每次都要麻煩妳們。」

「已經習慣了啦，這樣也很好玩啊。好像文化祭一樣。」

在巴士司機的催促下，紗希和我手忙腳亂把東西搬出來。接下來要在棚內拍照，前往攝影棚期間，三名模特兒看著寫手畫的草圖和實際上要穿的衣服照片，像群女高中生一樣興奮得吱吱喳喳。短版狐毛毛衣和立體的傘狀中長圓裙非常有女人味，卻刻意搭上了陽剛的雙扣式孟克平底皮鞋，別出新裁的搭配讓三個人為之瘋狂，討論著每個人都要各買一套。

「噯，森尾小姐，今天會有便當嗎？」

「有喔。還是大手筆的三河屋。」

「好耶──！」

真是群好孩子。雖然有些多管閒事，但好像太乖了，反而讓人擔心。妳們到底把在這社會上生存所需的「競爭意識」和「好勝心」丟去哪裡了呢？

結束了為期兩天緊鑼密鼓的拍攝工作，就要面對十二月號的終校。這次因為多了前往韓國取材寫成的單元，所以整整三天都得校對到三更半夜。終校結束的週末還要參加時裝展，收到一月號的照片時已經是星期一了。

「咦？妳認識凱薩琳嗎！」

不出所料，在感覺可以稱作The・居酒屋的店家裡，挑著竹筴魚乾骨頭的悅子聽了這件事後反應十分激動。

「認識是認識啦……嗯。」

但是，我的回答還是含糊無力。這位散發著異於常人的氣勢，一心想成為《Lassy》編輯的校對部同期，想當然對凱薩琳了解得比我還詳細。正確地說，是她已經把《Lassy》所有專屬模特兒的個人資料都記在腦海裡了。雖然很羨慕她驚人的記憶力，但她的記性卻只能發揮在流行趨勢與時尚雜誌上，讓人感到非常遺憾。

被悅子追問認識的過程，我就一五一十道來。一邊還心想著，之前沒說過嗎？但如果說過，悅子一定會記得，所以是真的沒說過吧。

「東京的女高中生真好～都可以有這種緣分～」

悅子臉上帶著無比羨慕的表情用力嘆氣。

「不，我是橫濱人喔。」

「都一樣啦！」

「才不一樣！就通勤時間長到必須自己一個人在都內生活這點來看，根本就跟妳一樣好嗎！」

「才一個小時而已就嫌長，少瞧不起栃木了！」

「栃木？那是縣還是市啊？」

「是縣！Prefecture！妳這個歸國子女給我記好了！栃木還是日本揚名國際的乾葫蘆絲的名產地喔！」

極力主張著乾葫蘆絲是一種能夠提升女性魅力的少女食物的悅子，是從外縣市來到東京，沒有任何門路，只靠「對女性時尚雜誌的熱情」就進入景凡社的稀有女職員。不光景凡社，出版社和電視台等傳媒產業的女職員很多都是靠關係走後門。我的情況也不知道算不算是走後門，是「參加面試的時候，擔任面試官的編輯湊巧在我當讀者模特兒時很欣賞我」。至於另一位同時期進景凡社的女職員藤岩，則是完全靠著實力與學歷進入公司，但整體而言，業界內多的是有親戚當靠山的女性員工。

幸好悅子習慣「閱讀比自己的年齡層再上一級的女性雜誌」。如果她看的是鎖定同世代為目標的雜誌，也就是依自己的年紀看《E.L.Teen》，就會被她發現當年的「森森」。那個當年故意把森尾登代子這麼老氣橫秋的名字藏起來，裝模作樣地取了像外國人的名字，還一臉不可一世，丟臉丟到了家的自己。雖然這麼說是過分了點，但「悅子」也是很老氣的名字。明明我們那個年代的女孩子都取了可愛的名字，為什麼我和悅子的父母卻為我們取了這麼過時的名字呢？就連另一位同期，文藝編輯部那位宛如鋼鐵處女的藤岩，名字也叫作「梨音」。藤岩梨音。好不搭。

十點過後和悅子揮手道別，十一點前抵達所住的公寓。難得可以這麼早下班，卻只找得到悅子一起吃飯，我對這樣的自己有些失望。但是，大學時期的朋友也幾乎都在傳媒產業上班，不然就在國外，當天才約他們根本不會有空。

沖了澡，換上居家服，也沒有心情察看SNS，隨手從書架上抽出幾本當時的《E.L.Teen》雜誌，坐在沙發上攤開來看。成為社會人士以後，我才開始獨自一個人生活，但那時候說不上來為什麼，就把自己出現過的雜誌也一併搬來新家。

低頭一看，七年前的我把染成了深棕色的頭髮燙成大波浪捲，穿著旨在主張「比起受歡迎先要惹人疼愛」的可愛衣服，潛入引領女高中生時尚風潮的朋友在六本木俱樂部舉辦的聖誕節派對，和凱薩琳兩個人，假裝自己是在現場報導實況的記者。

看照片上的表情，當年的我想必很快樂吧。高中畢業以後，現在也很少去六本木那一帶了。那時候玩在一起的女孩子們，現在肯定也都成為了優秀的社會人士（社畜）。

我對現在的生活並沒有不滿。不，不滿當然很多，但薪水已經比同齡人的平均所得要高，工作也很開心。可是，要是當年考上東大，而不是W大。然後要是當上了外交官。假設考上了外交官——

現在的自己又會身在哪裡？有著什麼樣的表情呢？

高中三年級的夏天，父親在工作途中因為蛛網膜下腔出血倒下，就此撒手人寰。看在孩子眼裡，也覺得父親的工作量異常龐大，所以死因多半是過勞吧。

觀察駐妻（駐外員工的妻子）時代的母親和她身邊的女性，身為貿易公司職員的配偶，她們都不具有自己要工作的概念。因為幾乎所有公司都禁止外派時陪同前往的配偶在當地工作。所以父親過世之後，我的母親成天寢食難安地擔心日子過不下去。但其實不只領到了判定職業災害的保險金，再加上父親孜孜矻矻存下的積蓄，那些錢都足夠母親一個人一輩子生活無虞。況且母親生來就是家境富裕的千金大小姐，只要回頭向父母哭訴，根本沒有什麼好擔心的。

然而，母親卻選擇了最難走的一條路：不向父母哭訴，也不工作。

——登代子不會拋棄媽媽吧？妳會留在我的身邊吧？

面對喪偶的母親，沒有一個孩子能夠狠心拒絕吧。當時正準備要去紐約的大學留學的我，只能乖乖點頭遵從。也因為在那之前完全沒有為了報考日本的大學而唸書，所以我花了好幾個月的時間苦讀所有科目。但是，這個世界沒有那麼好混，東大果不其然落榜了。卻因為母親的任性，說什麼不希望別人覺得我們明明是單親家庭，家境卻還好到可以讓女兒重考（明明就有足夠的錢供我重考，偏偏母親想以可憐又窮苦的寡婦自居），不得已下我只好進入僅次於東大的W大就讀。

起先一點動力也沒有。我根本不想上私立大學。甚至還產生了「這裡不是我應該待的地方」的想法，根本是不肯努力的沒用廢人經常掛在嘴邊的老套台詞。

美國的大學入學相對容易，但要畢業卻難如登天。每天都有做不完的作業，還得用功讀書才能修到學分，也才能往上晉級。我認為大學本來就是這樣的地方，想學習的人就自主往上學習。但是，日本學生的心態都是只要上了大學，一切就高枕無憂了。至少就我的觀察，W大的學生大多數都是這樣。

在這種情形下，經由SNS形成的小團體成了我唯一的救贖。小學到國一我都在香港和比利時度過，透過SNS，我和當時的朋友再度恢復了交流。

當時朋友對我來說，都只是生命中的過客。因為外派時間通常是三年，就算成為了好朋友，早晚也要回到日本，或者換去其他國家。那時候電子郵件也還不普及，也沒有持續寫信的熱情，所以朋友間的緣分都在離開時劃下句點。但是，升上大學那一陣子，各種社群網站開始如雨後春筍般冒出，在搜索引擎裡輸入本名，就可以發現當年的朋友也在世界上的某個角落和常人一樣生活著。同所大學內我就找到了三個人，與昔日舊友重逢後，便開始和他們一起行動。後來歸國子女的小圈圈慢慢擴大，一年之後，變成了大學內外加起來共有十五人的小團體。

換作現在，一般人大概會有些輕蔑地稱呼我們為「自視甚高族」，但是，我們一點也不覺得自視甚高的自己有哪裡奇怪。本來國外的日本人學校教育水平就比較高了，再加上還經常聽到這種威脅：「不用功讀書的話，以後回日本在學校會被欺負。」香港的日本人學校一學年就有五班，比利時也一學年就有兩班，日本的小孩都不落人後地認真讀書，不想輸給其他同年的孩子。結果回到日本以後，卻為日本孩子的學力程度之低感到錯愕。

我的情況還算好的，因為插班進了有歸國子女名額的私立女校，所以落差還不算大，但聽說過有人因為父母的教育方針不得不去公立學校，結果卻因為「比別人突出」而遭到霸凌，過得十分悲慘。

受過這種教育的孩子們將來會想在國外工作，可以說是自然而然的發展。事實上在日本成立的小團體裡有一半以上的人，大學畢業後就去了國外。除了我以外，其他人也都從事與國外有往來的工作。

出了社會，成了《C.C》的編輯以後，我就懶得登入SNS。但是，還是不想再一次與朋友們斷絕音訊。抱著沉重的心情打開頁面，發現上週不期而遇的凱薩琳傳了交友邀請給我。我興致缺缺地按下確認，順手點開她的頁面，看見裡頭放滿了顯示出她現在的生活有多麼充實又五光十色的相片。我的最新發文卻一直停留在半年前。因為不知道要寫什麼才好。

安靜地挑選著照片，把列印出來的照片裁切後貼在稱作完稿紙的大紙上，做出排版的草稿。特輯加上連載，我負責的頁數共有十四頁，前陣子在餐廳拍照的那部分已經完成了，於是我帶著草稿前往兩站外的設計事務所。這間事務所的規模相當大，旗下有將近四十人的設計師，負責《C.C》的設計師小組總共八人。我在辦公室角落的桌子和組長進行討論，詳細地交代指示內容以後，走進電梯準備要回去時，快要關上的電梯門又打開了。

「……哎呀？」

帶著嗆人的香水味一起走進來的人，正是Culture Japon的八劍副總編（查過後發現漢字是這樣寫），一看見我，就投來了只能用「美豔」來形容的笑容。

「前陣子吵到您拍攝了，真是抱歉。」

我趕忙低頭致歉。

「我當時並沒有這個意思喔。不過，其實我們本來也想借用一樓的場地，好像是晚了妳們一天呢。」

她沒有任何責怪之意地對我說完，停頓了一會兒後，才又開口：

「嗳，妳……」

「我是《C.C》雜誌部門的森尾。」

電梯來到一樓，我們順勢一起並肩走向車站。秋高氣爽的藍天下，在出外洽公的上班族之間，不時可以看見打扮得時髦幹練的女性揹著當季的經典款包包，昂首闊步地走在路上，應該是同行吧。

「森尾小姐，妳當編輯已經第幾年了？」

「今年是第二年。」

「咦！《C.C》這麼快就讓妳負責雜誌內頁嗎？」

「但我還是菜鳥，所以會分配寫手給我，只不過小型的拍攝會由我自己一個人負責。而且我從高中的時候就開始出入編輯部，所以大致上了解編輯的工作流程。」

「妳以前當過編輯助理嗎？」

「純粹只是讀者模特兒。」

「哦，難怪。」

抵達地下鐵的入口，要走下樓梯時，八劍副總編一把抓住我的手說：「可以給我十五分鐘的時間嗎？」然後不由分說，半是把我拖進了旁邊的咖啡廳。

不愧是一流的編輯，很擅長引導別人說話呢——回答著八劍副總編的問題時，我忍不住這樣心想。在這十五分鐘，她幾乎問完了我的大半輩子。明明問得相當單刀直入，卻一點也不會覺得不愉快。

但是，唯獨「為什麼會去景凡社？」這個問題，讓我回答不上來。也說不出為什麼就變成這樣了。真的。

同期的悅子懷抱著想成為粉領族雜誌《Lassy》編輯這個明確的夢想，憑著毅力進入了景凡社。同樣同期的藤岩則是基於想成為文藝編輯的熱忱，投身進了出版業界。至於我，只是因為去不了國外。因為留在日本的朋友都從事傳媒產業，所以也不由自主跟進。而且還抱著天真的想法：如果當時照顧過我的編輯還在，工作起來也會比較輕鬆吧——結果參加面試的時候真的遇見了那位編輯，也就考上了。然後理所當然地，被分配到她現在擔任副總編輯的雜誌部門。也就是《C.C》。

隔天在草圖會議上把三月號要刊登的企劃草圖提交給總編和副總編，接受嚴格的檢視。時尚業界中，二月是服飾銷量最慘澹的時期。在這種情形下要怎麼讓讀者掏錢買衣服，或是編排出能讓讀者湧起購物慾望的版面，各個企劃單元都看得出記取了以前教訓的痕跡。我所負責的企劃，是「從鞋子開始邁向活力洋溢的春天！」和「從冬天到春天，展現變化的可愛彩妝指甲♥」。兩者都不是我所構思的單元，但在《C.C》編輯部，提出企劃案的人不一定會負責那項企劃。而這兩個企劃案又不是主打特輯，所以沒有分配寫手給我，從頭到尾必須自己全權負責。

拿著連同修正指示一起被退回來的草圖，沒來由地不想馬上開始工作，我從隔開《Lassy》編輯部和《C.C》編輯部的書架上抽出這一期的《un jour》（架上收集了各間出版社的所有時尚雜誌，供作參考資料），回到自己的座位上草草翻閱。

——森尾小姐，妳要不要跳來我們這裡？

昨天臨別前，八劍副總編直視著我的雙眼說了。我懷疑自己聽錯了。

——為什麼？八劍副總編，妳甚至沒有看過我編排的雜誌頁面吧？

我甚至忘了改稱「您」，脫口就這麼問。

——我需要精通法語的編輯。再說妳長得這麼漂亮，不管派妳去哪裡，都上得了檯面。既然會去景凡社並沒有什麼特別的理由，一開始來我們這裡就好了呀。

回答不出「為什麼去景凡社？」這個問題的我，被她看穿了我之所以入社「並沒有什麼特別的理由」。

——可是，現在的工作很有成就感，我也做得很開心。

——妳會說法語又會說英語，年輕的時候還累積過經驗。妳真的覺得在那種無緣受邀參加國外時裝展的平價雜誌工作，可以發揮出妳原有的實力嗎？如果妳覺得可以，那我也無話可說。

平價雜誌。我知道高級時裝雜誌的編輯為了和我們這些雜誌做區分，會這麼稱呼我們，但還是頭一回親耳聽到。帶著些許鄙視的話聲劃過心頭，像是被人刮過。

「森森，真難得耶，我還是第一次看到妳看高級時裝雜誌。」

大概是看起來看得很認真吧，錄用了我的副總編輯龜井小姐從斜上方向我搭話。我仰頭看著她問：

「噯，龜井副總編，製作這種雜誌的人，究竟腦子裡都在想什麼啊？不對，究竟都帶著什麼心情呢？」

「咦？怎麼突然問這個？」

「因為，平常根本穿不到這些衣服啊。模特兒也是十一頭身的白人，我們日本人根本不能當作參考，況且一件外套就要六十八萬日圓，到底有誰會買嘛。」

而且這本雜誌的排版看起來超輕鬆。每頁通常都只有一、兩張照片，再加上商品的文案和資訊。回頭去看我三月號負責的鞋子和指甲，每一頁都密密麻麻不留縫隙地貼滿了照片，還得一一加上說明文字，所以非常耗時耗力。但是，《un jour》裡不會出現這種像型錄一樣的頁面。龜井副總編從旁邊的桌椅拉來椅子坐下，回答了。

「在這世上，有些人就是活得比較靠近那個世界喔。其實真要說起來，我也一直覺得森森是屬於那邊的人呢，但想不到妳在我們這裡適應得滿好的。」

繼昨天之後，我再一次懷疑自己聽錯了。

「……咦？意思是我屬於高級時裝路線嗎？」

「不是，意思是妳想當個與眾不同的人。森森，妳腦袋很機靈，什麼事都能做得很好。教妳的事情馬上就能學會，也可以和每個人都處得很好。但是，在妳當讀者模特兒的那時候，我就感覺得出來，妳應該在心裡面認為『自己和別人不一樣』吧。現在不是這樣了嗎？」

我只能沉默。龜井副總編的話簡直一針見血。龜井副總編站起來，開始準備外出。我於是叫住她問道：

「龜井副總編，下一期我可以提出自己真正想做的企劃嗎？不，是可以讓我提出嗎？」

「啊，果然目前為止的企劃都不是妳想做的吧？」

「……非常對不起。」

「又沒必要道歉。因為妳至今提的企劃都很成功啊。可以啊，就提出來吧。不過，會不會採用還是要看總編輯的決定喔。」

龜井副總編從衣櫃裡拿出風衣，邊走邊像在演刑警連續劇一樣，攤開風衣甩進半空中，再把手臂套進袖子裡。我在心裡對著她的背影鞠躬，目送她離去。

上個月問卷調查的結果，「喜歡的造型」這一項由我編排頁面裡的造型拿下了第一名。模特兒是實里香，她穿上那身衣服後，表情和姿勢都可愛到足以融化人心，所以這可能也是上榜的原因之一吧。不過，我的企劃案也經常在有趣單元的調查中名列前茅。我大概很適合這份工作吧。

在編輯部忙著寫文稿、安排商借事宜，午餐時間就坐在附近咖啡廳裡面窗的位置，一邊觀察路上來來往往的行人，一邊思考自己想做的企劃究竟是什麼。

去年冬天，我構思的企劃案第一次登上了雜誌刊頭。但很遺憾地，負責執行的人並不是我。特輯叫作「平凡女孩的一個月可愛穿搭」，再搭上慣例會有的重複穿搭單元，總頁數高達三十頁，在問卷調查的單元調查中還摘下了第二名。第一名是偶像明星的訪談單元，所以單看時尚部分，可以說是實質的第一名。

從這個結果可以明顯看出，讀者追求的就是「平凡的可愛」。我也知道「平凡」指的是什麼。但是，一定也有女孩子被「平凡」這兩個字束縛得喘不過氣。比如說現在的我就是這樣——

「幹嘛？妳肚子痛嗎？」

這道悠悠哉哉的聲音讓我把視線轉向旁邊，就看見悅子拿著盤子，上頭放著儼然是粉領族午餐最佳範本的貝果三明治和蔬果奶昔，往我旁邊的位置坐下。

「妳臉上帶著像要詛咒整個世界的表情瞪著窗外耶。」

「我沒有想要詛咒整個世界喔，但也差不多啦。」

「我倒是每天都在詛咒自己呢。啊～好想快點被調去《Lassy》編輯部喔。」

這句話已經數不清聽過多少遍了。悅子和我的境遇雷同，卻又完全不同。明明想插手時尚雜誌，如今悅子做的工作卻是校對。而我並沒有什麼理想，卻沒來由地就待在了時尚雜誌部門。這樣想來，突然對悅子很過意不去。

「噯……妳在校對部穿成這樣也太突兀了吧？」

我忍不住這麼問。悅子身上的穿搭統一為樹綠色，是從夏末開始流行起來的暗色系，而且還是需要點勇氣才能穿在身上的馬海毛材質（不適合的人穿了，看起來就會像是某房仲公司或某萬國博覽會的吉祥物，所以需要勇氣）。脖子上戴著棉花大珍珠和水晶串成的項鍊，可以用黑色羅紋緞帶在後頭打結，腳上套著金屬銀色的雕花皮鞋，一身完美的穿搭彷彿剛從《Lassy》編輯部走出來，我甚至覺得應該讓她去八劍副總編那裡工作才對。最後，外出吃午餐拿的托特包還是上個月的雜誌贈品。

「我就是故意要這麼突兀，有意見嗎？」

悅子的表情好像天塌下來也不在乎，用極快的速度喝著奶昔。

「妳這樣子不受同年齡層的男人歡迎吧？」

「就跟妳說的一樣，有意見嗎？」

「這倒沒有……就算問我意見，大概也幫不上忙吧。」

「是喔？對了，妳和凱薩琳還有聯絡嗎？」

「沒有，雖然她用ＳＮＳ發來了交友邀請，但因為太忙了，就沒有聯絡。」

我在回答時把「太麻煩了」改成「太忙了」，悅子就露骨地做出失望的表情。

「噯，妳為什麼這麼喜歡《Lassy》？明明我們公司還有其他雜誌啊，像是《C.C》。」

「《C.C》我當然也喜歡啊。可是在我讀高中的時候，《Lassy》內頁的質感就和其他雜誌不一樣。不是那種平滑的觸感，紙張高級得像在微微發光，真的很精美。每個模特兒也都很漂亮，雜誌上的衣服也感覺得出是造型師經過深思熟慮之後，仔細搭配所做出來的穿搭。當然那時候我還是高中生，是買不起那些衣服啦。但只是看著，我就會覺得『自己長大以後也會成為這樣的女性』。當時可是鄉下高中生的憧憬喔！」

「可是，悅子，像妳這麼喜歡時尚，不會想往《un jour》那方面發展嗎？」

「嗯，那方面的雜誌我也會看喔。可是我覺得，在我們身處的世界，那是我們不該奢望的夢想。那邊的衣服不是我們這種勞工階級穿得起的。」

明明是校對部員，卻穿得活像是時尚雜誌編輯的悅子，說這種話一點說服力也沒有。但是，如果把現在這身裝扮的悅子丟進《Lassy》或者《Every》編輯部裡頭呢？一點也不奇怪。即便在景凡社內，不知道悅子所屬部門的人見了她，都不會覺得奇怪吧。好像有什麼要閃過腦海的瞬間，那道靈光卻因為悅子的發言閃爍一下就消失了。

「幹嘛現在問我這個？這個不重要，妳快點和凱薩琳聯絡啦。E.L.女郎的森森指的就是妳吧？她很高興地在ＳＮＳ上發了文說遇到妳喔。」

「咦？真假？」

悅子從托特包裡拿出智慧型手機，打開凱薩琳ＳＮＳ的帳號，遞過來給我。

——今天發生了非常Unbelievable的事情！居然巧遇E.L.Girls時期的My honey森森！雖然沒有時間一起拍張照，但森森現在一樣還是Cute又Gorgeous的Cool Girl喔♥希望有機會能再見面～！

發文附了應該是當天攝影工作的後台照。底下還有五則回覆，全是認識森森的人留的言——「好久沒看到森森了！她還好嗎？」、「突然間就沒消沒息，我擔心死了，原來她人在日本啊。下次一定要拍照喔！」等等。

突然覺得有些想哭。為了掩飾這一點，我說著「我先回去了」就起身離開。

週五晚上，我接到了八劍副總編打來的電話。畢竟交換過名片，會打電話來也很正常，但我不小心就在公司裡頭，還是在自己的座位上接起了手機，慌忙跑進走廊後直接移動到樓梯間。

八劍副總編打來邀請我一起去參加某高級時裝品牌的新品展示會。那個牌子的大衣一件就要一百五十萬日圓上下。

「可是，我還沒有做出決定……」

『放心吧。反正現場大概不會有半個《C.C》編輯部的人。』

要是被認識的人看到我和八劍副總編一起出現在展示會上，可能會誤以為我想跳槽到《un jour》當編輯，必須避免這種情形發生——顧及我的心情，八劍副總編搶先這麼說了。這個品牌確實絕對不會刊登在《C.C》的雜誌上。雖然久仰大名，但我甚至直到這時候才知道是瑞士的品牌。

結果在對方強勢的邀請下，隔天下午我前往了對方指定的展示室。穿著一身車站百貨大樓的品牌服飾，怎麼看都很格格不入的我，身旁的八劍副總編則是好整以暇地為一件件新品拍照，不時請負責的公關人員說明布料的產地和縫製工廠。新品多是在絲緞上轉印了風景和靜物的印花類服裝。拿了負責拍照的攝影師的資料，當場上網搜尋，再自己親眼確認。做的工作完全不一樣呢，我心想。

花了一個小時檢視完所有新品，八劍副總編便帶著我離開展示室。外苑周邊的地理路線十分複雜，很多路名我都沒有聽過。我跟著八劍副總編的腳步，走進一家地點隱密的獨棟咖啡廳。窗外覆著綠色窗簾，陳列著東洋風家具的寬廣走廊上四處掛著骨董風格的鳥籠，色彩斑斕的鳥兒們在籠子裡啾啾鳴囀。感覺很像是以前電影裡會出現的「上海」。

「好棒喔，真想拿來當拍攝外景。」

聽到我脫口而出的話，八劍副總編笑道「真是職業病呢」。

「這間店上週才開幕。以後肯定會有很多雜誌和電視節目都想來這裡拍外景，所以趁現在先預約下來吧？」

八劍副總編又泰然自若地叫來老闆，我也不客氣地攤開行事曆，敲定了十二月的拍攝日期。她應該不是會為了這點小事，就向我賣弄恩情的人吧。

茶點端上桌後，我下定決心開口了：

「八劍副總編，我果然還是不能去貴社。現在我手邊還有要執行的企劃案。」

但是，枉費我下定了決心，八劍副總編卻一派從容地回答：

「這件事不急，妳不用現在馬上就回答我。」

「咦？是嗎？」

「是啊。空個一年或兩年，這段期間慢慢考慮就好了。」

「……但要是我的想法依然不變呢？」

聞言，八劍副總編重重地吐一口氣，直視著我說了：

「告訴妳，人呢，一定會從不屬於自己的地方逃走。我以前曾經當過《蝴蝶》的讀者模特兒喔。後來直接轉成編輯助理，在編輯部工作了三年。但這件事我沒有告訴過任何人，所以妳可要保密。」

「……咦？咦——！」

因為太過震驚，我險些鬆開手上的茶杯。說到《蝴蝶》，那可是一本影響力非常深遠的辣妹雜誌，甚至在業界裡頭成為了傳說。雖然現在已經停刊，但在八〇到九〇年代都是代表了特殊時尚的雜誌媒介，從女暴走族開始，歷經１０９辣妹和被稱作山姥辣妹的髒辣妹，直到「嚮往的職業是酒店小姐」為止，很長一段時間都牽動了辣妹文化。當時這本雜誌的忠實讀者還被稱為「蝴蝶子」，讀者模特兒更被稱為「蝴蝶姐」。此刻坐在我眼前，年約四十上下，擁有白皙透亮的肌膚，氣質高雅的女性，竟然曾經是蝴蝶姐，我簡直沒辦法想像。

「一直到二十一歲的時候，我才發現『這不是我想做的事情』。所以為了學習時尚方面的知識，我晚上另外找了份工作，花了一年的時間存錢，然後去了法國。接著在二十五歲回國，從Culture Japon的打雜工讀生開始做起。薪水不僅少得可憐，最一開始總編輯也理都不理我，但我還是鍥而不捨地持續提出企劃案，直到二十八歲的時候才終於通過。所以聽到妳才工作第二年就負責雜誌內頁，我真的嚇了一大跳。」

我才真的嚇了一大跳。這跑道的轉換規模也太大了。時至今日她更坐上了副總編輯的寶座，熱忱委實驚人。想不出該回答些什麼才好，我無言以對，八劍副總編又說了：

「妳一定要保密喔。這件事我只對妳說而已。」

「……對其他編輯也是用這一句話在拉攏他們吧？」

「被妳發現啦？可是，我只會對我想一起工作的人說喔，真的。」

她露出了淘氣的微笑，拿起茶杯湊到嘴邊。如果她說的是真心話，我認為自己也該據實以告，於是開口說了：

「……下一次的企劃會議上，我打算提出自己真正想做的企劃。」

「這意思是？」

「雖然這種話不應該自己說，但我腦筋很機靈。可能是因為從小生活環境就一直在變，所以很擅長察言觀色，也都能夠知道別人想要什麼。所以截至目前為止，我都是以『讀者想要什麼』為優先考量在提企劃。但是，既然現在八劍副總編願意等我，我想要放手去做自己想做的事情，轟轟烈烈地失敗一次。」

「如果從一開始就提出明知會失敗的企劃，這種人才我也不想要喔。」

「抱歉，是我說得不夠清楚。當然我會拿捏好分寸。我會在《C.C》雜誌能夠接受的範圍內，放膽去做自己想做的單元，也會努力擠進問卷調查的前幾名。所以——」

說到這裡，我先停頓了下。

「……假使企劃案通過了，但在問卷調查的結果中沒能擠進前三名的話，到時候，請再讓我重新考慮您的提議。」

星期日，從早到晚不停重新構思企劃案的主題，再為每一項企劃列出大綱。週一早上提交給總編輯，隔天週二召開四月號的編輯會議。編輯會議將決定當期雜誌的主軸，依據龜井副總編照著總編輯的指示所作的梗概，編輯部所有職員會一起提出意見，展開熱烈討論，所以通常要耗掉一整天的時間。會議上通過的企劃案再進入主管會議，分配好了頁數以後，就會發出下週的行程表，確定哪些企劃由誰負責。我提出的四個企劃案通過了兩個。換作以前，我大概一點感覺也沒有，但傍晚五點會議結束的時候，我忍不住開心得登入久違的SNS，附上用心調整過角度的自拍照發文：「企劃案通過了！好開心！」睽違半年以上的發文，還只有九個字。而且調整了角度的自拍照忘記修圖，眼睛底下的黑眼圈黑得嚇人。連我都覺得自己真不適合網路世界。

一個小時後，當我忙碌地處理著匯款、洽談地點預約、聯絡便當店等細瑣的辦公室工作時，收到了凱薩琳的回覆。

「Congratulations！不知道是什麼企劃，我已經開始期待了喔！嗳，森森，好想見妳喔～好想跟妳聊天～！I miss you, my dear！」

順便連過去看凱薩琳的發文，發現就在一分鐘之前，她連同一張故作哭泣的自拍發了文章：「工作結束了，現在正一個人在西麻布吃晚餐。好寂寞喔……」看了看照片的背景，發現是我也非常熟悉的餐廳。咦，這家店還在嗎？凱薩琳現在還會去這家店嗎？思考了一秒鐘後，我寫下回覆。

「我現在就過去，等我喔！」

沒等她回應，我就關上電腦。把所有資料和電腦塞進公事包裡，再從衣櫃裡拿出巴爾瑪肯大衣，說著「我先失陪了」踏進走廊。這時，正好遇見剛回來的龜井副總編。

「哎呀，妳要回去了嗎？真早耶。」

「龜井副總編，妳已經對時間沒感覺了吧。一般公司這時候早就下班了。」

「因為我沒在一般公司上過班嘛。妳要去哪裡？」

「去找凱薩琳。」

「哎呀，那替我向她問聲好。感覺隨時可以見到，卻又老是遇不到她呢。」

龜井副總編說話時臉上的表情彷彿兩人上星期才見過面，讓人遺忘了歲月的流逝。

凱薩琳總是充滿活力，不只讀者，也深受編輯們的喜愛。現在，《Lassy》編輯部的所有工作人員一定也很疼愛她吧。我鼓起勇氣，把一直以來盤踞在心裡，想問又不敢問的問題問出口。

「龜井副總編。我想問您，當初來景凡社參加面試時，如果您面試的人不是我，而是凱薩琳的話，那結果會怎麼樣呢？」

個性天真爛漫，不懂得懷疑他人，深受大家喜愛的凱薩琳。待在她身邊，我總是拿自己和她做比較，然後小心翼翼地掩飾著，不讓人發現自己在與她比較的這份心情。一直以來臉上都掛著假笑，一邊想著究竟要怎麼做，才能夠變得比凱薩琳更有魅力——雖然不想承認，但其實這件事讓我非常痛苦。

這次我提出的企劃案，怎麼看都不符合《C.C》以往的風格。

・拋開平凡！嶄新又可愛的英式龐克風讓妳脫胎換骨。

・讓妳贏在起跑點上！時尚新鮮人的必勝入門守則。

這兩個感覺很極端的企劃案不知為何居然通過了。沒有通過的則是這兩個：

・就是要比任何人都可愛！一定能贏過她的今年飾品一百戰（↑這個字是故意的。）

・我要成為帥美公主！（到這裡我就江郎才盡了，也不知道有沒有帥美這個字。）

《C.C》的讀者最重視的，就是「平凡的可愛」以及「和一般人差不多」。不知道讀者看了這兩個企劃會有什麼反應？十之八九將由我負責執行，所以成功與否，所有責任都壓在我的身上。

可能是臉上表現出了露骨的不安，龜井副總編伸出手來，輕摸了摸我的頭。

「凱薩琳又沒來面試，這我怎麼會知道呢。可是，我真的很慶幸森森來應徵我們公司喔。謝謝妳願意來我們這裡。」

「……不要說這種話，會害我哭啦。」

「是妳自己要問的耶～」

龜井副總編又揉了揉我的頭髮，說完「那玩得開心喔」，就回到了自己的座位上。我強壓下湧上來的淚水，走向電梯大廳。要不要和凱薩琳討論通過的那兩個企劃案呢——這樣想著的同時，我發現平常總是疲憊又沉重的步伐，今天格外輕盈。

第二話
校對女王身邊的
分不清是女孩還男孩・米岡

悅子的研習筆記
其之八

【稿紙換算】把文字檔換算成20×20四百字稿紙後的張數。聽說現在很少有作家還會在稿紙上寫作，但是文藝小說的新人獎，仍然以稿紙為計算原稿分量的基準。因為換行和空行也包括在內，所以是不同於「字數」的另一種計算方式。編輯部因為要計算稿酬，所以「字數」是非常重要的基準，但校對部因為要檢查每一頁的排版是否有依照指示，所以每一頁的字數和行數更重要。聽說資深的校對員和編輯只要看一眼稿紙張數和排版字數，就可以馬上算出單行本會有多少頁喔。

人們閱讀時，是在什麼時候才會意識到「文字的美與正確性」呢？

讀著因為文藝編輯部的人手和預算皆不足，同期入社的文藝編輯貝塚硬塞給我的新人獎參賽作品，我心中這麼想道。但其實不應該有這些無濟於事的想法。為了這些立志成為小說家、絞盡腦汁完成了「自己作品」的人，應該要認真看稿才對。可是，新人獎的參賽作品實在有太多都讓人覺得你與其寫小說，不如回去好好重新學日文吧！況且就算得獎後成功出道，也有可能寫不出第二本書，或是突然人間蒸發。能夠成為只憑寫小說就活下去的作家，在十幾、二十幾名新人當中，甚至可能要一百人當中才會出現一個。

——你看的書比我還多吧？拜託幫我看稿啦！

週五晚上衝進校對部的貝塚懇求我伸出援手。嚴格說來，是我才剛走出校對部所在樓層的男廁廁所間，就被他逮個正著。

——看是看了不少，但一般新人獎的參賽作品，都是付錢請寫手、書評家或者已經退休的編輯看稿吧？而且貝塚，你自己有在看嗎？

——可以外包的都外包了，但我還剩下二十三本！要是再外包出去就要壓縮到獎金了！

——你們文藝編輯部的預算到底有多吃緊啊！這樣下去真的沒問題嗎！

——一直在賠錢！書都賣不出去啊！

——那就栽培書可以賺錢的作家啊！

要是栽培不了，就別辦什麼新人獎了！但這一句話是其他部門……更該說是公司的問題，說了也沒用吧，所以我嚥回肚子裡。

景凡社的文藝新人獎只接受換算成四百字的稿紙後有三百張以上，也就是得獎後可以直接出版成單行本或文庫本的投稿。也因為如此，看稿很花時間。身為校對部的一員，下意識就會檢查起錯字漏字和文法錯誤，所以進展非常緩慢。貝塚強塞給我的參賽作品共計二十件。必須讓其中的一、兩件作品留下來，但一想到接下來還要再看十五本這種水平的作品，腦細胞和眼球都要宣告罷工了。

看完了第五份稿件，在評分字條上打了一個叉，直接往桌上一扔。看著已經完全冷掉，杯緣還沾著泡沫的卡布奇諾，一點也引不起人想喝的慾望，於是我招來服務生。

「一樣的再一杯。」

「你連假日也要工作嗎？」

服務生晴海問著，往我舉高的玻璃杯裡倒水。

「嗯，雖然這份工作沒錢賺。你不也在工作嗎？」

「因為我是服務業嘛，六日哪能休息～」

說了聲「辛苦了」，晴海就走回吧檯內側。藉著咖啡廳帥氣男店員燦爛的笑容，和倒水時輕碰到了他優美手指的感覺為自己充電，我嘆了一口氣後，再從紙袋裡頭抽出下一份投稿。

我們這個世代從懂事的時候開始，電腦和手機就已經無所不在。只要想寫小說，對著鍵盤和手機螢幕打字就好了。「寫小說」的門檻就是下降到了這麼低。想要表現自己的人越來越多。但是，有興趣想看這些自我表現的人卻越來越少。若不從根本改變這種失衡的現象，文藝小說的銷量永遠只會是赤字吧，我想。

在我還小的時候，每一本書都是寶貝。每次和母親一起去逛百貨公司，我都只想往書店跑，害得母親一個頭兩個大。然而，在她發現只要把孩子留在書店，孩子就會乖乖不動以後，她就開始把我一個人丟在書店裡，自己逛街逛得樂不思蜀。換作現在，我會被人當成是慘遭父母拋棄的孩子，受到警方保護吧。

到了開始厭倦繪本和兒童圖鑑的年紀時，我首次接觸到了漫畫這項文化。那是大我一歲的鄰居大姊姊本想在倒垃圾的日子裡丟掉的少女漫畫雜誌。繽紛的糖果色調以粉紅色為基底，女孩子都畫得非常可愛。被指使下來倒垃圾的我，在垃圾場恰遇大姊姊，目光無意識地緊緊盯著她打算丟掉的垃圾。注意到我的視線，大姊姊也看向我帶來要丟的舊雜誌，雙眼發亮地問我：

——小光，你手上的東西能給我嗎？

——咦？麻姊姊，妳喜歡電車這一類的東西嗎？

——嗯！但我爸媽都覺得這些東西太男孩子氣了，所以不喜歡我買。

我手上的垃圾是父親基於喜好所買下的過期鐵道雜誌。於是，我們喜孜孜地互相交換了手上原本要丟的垃圾，再各自偷偷摸摸地帶回家。

從麻姊姊那裡換來的，是五期的《Robin月刊》。我家並不窮，看在一般人眼裡可能還算富裕，但是在父母的教育方針下，沒有零用錢的我還是第一次看到漫畫。我廢寢忘食地把那五期的雜誌看了一遍又一遍。一開始還不知道要怎麼看，不懂右上方的漫畫格要往哪邊開始看，摸索了三天才發現規則。知道怎麼看了以後，更是反覆看到都背下了所有台詞。

這太可愛了吧。這太有趣了吧。啊啊，好開心！

但這樣純粹的感動卻隨著時間的流逝，轉變成了尋找錯誤。如今想來，我當年還真是個惹人厭的孩子。

當年的我就讀小學四年級，唯獨國語和美勞的成績出奇優秀。每年都獲選代表學校參加作文比賽，小二的時候還在縣內拿到了冠軍。興趣是寫漢字練習簿和抄寫經文，所以幾乎會寫也會唸所有的常用漢字和非常用漢字（僅限般若心經裡出現的字）。正因為我是這樣的孩子，所以看到雜誌裡「寫封信鼓勵某某老師吧！」的訊息也就當真了，然後向《Robin月刊》編輯部寄去了鼓勵的信函。

幾月號第幾頁的第幾欄，豆子的台詞裡助詞用錯了吧？

幾月號第幾頁的第幾欄，高志的台詞裡漢字寫錯了吧？

幾月號第幾頁背景的透視法好像有些怪怪的耶？

幾月號第幾個的讀者投稿，段落第一行應該空一格才對吧？

等等諸如此類。再加上寫給每一位雜誌連載作者的鼓勵，我把麻姊姊給我的五本雜誌裡找到的所有錯誤，洋洋灑灑地寫成了四大張信紙寄過去。真的是很惹人厭的小孩。

但是，明明是這麼愛找碴的孩子，《Robin》編輯部卻很真誠地給了我回覆。信寄出的兩個月後，負責處理讀者投稿的編輯回寄給我的明信片，我到現在都還好好收藏著。

P.S.光男同學將來一定可以成為出色的校對員喔。

道謝的明信片最後以這句話作為結尾，但當時我還不懂「校對」是什麼意思，查了國語辭典還是似懂非懂。孰料十幾年後，我真的成為了校對員。

「那你為什麼不去文英社工作？《Robin》是文英社的吧？」

景凡社校對部的後輩河野悅子——我稱之為河野妹，用興致缺缺的口吻這麼說，一邊在嘴裡啪哩啪哩地咬碎加倍佳棒棒糖。這位小姐的牙齒和下巴真是強韌得嚇死人。

「因為文英社沒有校對部啊。」

「咦，是喔！校對部不是每間公司都有嗎？所以要是我去文英社應徵，就絕對不可能被分配到校對部嘍？」

文英社是規模有景凡社兩倍大的多元出版社。旗下擁有以少女為客群的《Robin月刊》和以少年為客群的《橡膠橡膠Comic》等漫畫雜誌，在景凡社不存有專屬部門的「漫畫」領域，長年來都是業界無可撼動的王者。文藝部門《小說Barusu》主辦的新人獎也每年都會挖掘到才華洋溢的作家，更會傾心栽培。也因此每個部門的編輯都十分優秀，除了靠關係以外，只會錄用來自東大、K大和W大等知名大學，而且擁有特殊長才的應屆畢業生。

「我想河野妹是絕對不可能應徵上的啦……」

「為什麼啊！啊，不過，我對文英社的女性雜誌也沒什麼興趣，所以還是算了。啊～討厭啦，糖果卡在牙齒縫裡了！刺到舌頭了啦！」

「我說妳啊，一般應該都是把糖果含在嘴裡，等它慢慢融化吧。」

「不要，那太慢了！好痛！刺到臉頰了啦！怎麼辦！」

「你們兩個吵死了！快點工作！」

果不其然部長立即拋來河東獅吼，河野妹和我對看了一眼後，重新面向桌子。

只要逮著機會，我就會向這個無禮的後輩灌輸校對這份工作有多麼值得尊敬，但通常每一次都引不起她的興趣。雖然真的很沒禮貌，但她面對工作卻又認真負責，個性也不惹人厭，所以我無法討厭她，真是不甘心。反而單從人類的角度來看，我是喜歡她的。連我也搞不清楚自己的性向，也不知道一樣搞不清楚的她是接受了還是不接受，就只是把我當成普通的同事和前輩，沒有任何隔閡地接近我。所以我認為在人際關係方面上，她的應對能力非常優秀。雖然態度非常沒禮貌。

我曾經和女生交往過，也曾經和男生交往過。但不論和哪一邊，都無法全心全意投入其中。我喜歡漂亮又可愛的女孩子，也喜歡長相帥氣的男孩子，但一想到構築起戀愛關係的過程和關係的維持，就覺得很麻煩。上床，也就是性交這回事，也讓我覺得麻煩至極。近年來雖然出現了「草食系」這個方便推脫的用語，像我這樣的人也能活得比較輕鬆，但處在二十八歲這個不上不下的年紀，「結婚」兩字帶來的真實感變得比以前更強烈了。現年三十二歲的哥哥，就是在和我一樣的二十八歲結婚，三十歲有了第一個孩子。就是這樣的年齡。

單手拿著咖啡，我出神地望著雜誌校對小組在樓層盡頭的開會區進行終校的作業。不對，嚴格來說，是欣賞著凹版印刷廠的男業務員正等著訂正較少、可由印刷廠幫忙校對的紙本校樣的英姿。正宗信喜，二十五歲。單身。笑容爽朗的陽光型男。看著他，就讓我想起了當年高中班上那位皇帝一般的同學。每天放學後，我都在窗邊欣賞著他在操場上踢足球的身影。最近我正藉由看著正宗，回味和當年相同的淡淡悸動。

——真搞不懂你的名字是第六代還是第十六代德川將軍耶。

之前河野妹接過名片時，直接當著人家的面口無遮攔地發表上述評語。但是，那位將軍明明不叫正宗，是叫吉宗，而且不是第六代，是第八代；字面上看起來倒是和第十五代很像，但唸法完全不一樣，還有歷史上才沒有第十六代！由此可知河野妹做校對到現在，還沒有經手過江戶幕府這塊領域。不知道為什麼，只要是調查過的資料，河野妹不刻意去記也能存在腦海裡。好羨慕她的大腦。之所以考不上知名大學，大概只是因為她對讀書沒有興趣吧。還有，正宗聽了她發表的評語後，根本不懂她在說什麼，只是精神抖擻地回道：「是啊！謝謝您！」啊啊，笨得可愛死了。大腦沒什麼皺摺的光滑模樣真惹人憐愛。

雖然河野妹是例外，但和自由接案的校對員聊天時，我時不時會覺得：「這些人腦袋的皺摺都多到扭曲了呢。」當然自己也包括在內。有很多人都是想成為小說家，卻因為沒有才能而變成了編輯，事實上校對員裡也有這種人。像我就是。

鄰居的麻姊姊在升上國中以後，就不再買《Robin》了。在那之前她把看完的期數都轉手賣給我，但在她升上國中的同時，我也從《Robin》畢業了。還纏著父母訂購整年份的少女小說雜誌《CoAsS》，同樣也是文英社旗下的出版品。《Robin》的姊妹誌有兩種類型，一種是繼續鎖定漫畫讀者的《MARTIN》，另一種是為開始接觸小說的讀者所出版的《CoAsS》。如上所述，我不再看漫畫，而是轉戰小說領域。雖然訂購了整年份的雜誌，但一個月只會寄來一本，所以一看完最新一期的小說雜誌，我就會翻出家裡祖父擁有的文學全集來看。裡頭有些書看了，我還會產生「這種故事我也寫得出來」的想法。當年的我是個自大的孩子，自以為「這本小說如果讓我來寫，會寫得更淺顯易懂又有趣」。因為都已經翻了好幾頁，故事卻都還沒有開始啊（譬如《雙城記》）！

前前後後花了四年的時間，我看完了世界文學全集和日本文學全集。也在這段期間，確立了將來的夢想。幸好我家的哥哥很優秀，照著父母的期望順利長大成人，更一舉考上東大，所以不管我想做什麼，幾乎都不會受到干涉。話雖如此，我也沒有步入「父母都不管我！我要變成不良少年！」這種歧途，和父母及哥哥的感情都很好。高中二年級的時候，當我表示：「我想成為小說家。」父親也只是說了：「是嗎？這條路應該不好走，那你加油吧。」但父親當時明明為哥哥往後的出路表示了不少意見，所以只有在那個當下，我感到有些寂寞。

然而，精通文法且「最拿手的科目是國語」這一類人，其實根本寫不出小說。這點是在我升上大學、進了歷史悠久的純文學類同人誌社團以後領悟到的。社團裡很多人都是和我相似的類型，從小到大的經歷也都和我差不多，這些人無一例外都非常講究條理。他們都深信自己寫的小說是「正確的藝術」。但坦白說除了奇蹟般屈指可數的天才外，根本只是一群人在自己熟悉的圈子裡互相吹捧而已，日語雖然正確，故事卻一點也不好看。反而是十七歲就得到《CoAsS》的新人獎、以前也沒看完過幾本書的孩子所寫的拙劣愛情故事更能讓人心潮澎湃。多麼清新的感性啊，故事的發展也完全讓人跌破眼鏡。只要熱情和最基本想說的話能夠傳達給讀者，文法不正確也沒關係，反正挑選出得獎作品的編輯再負責修改就好了。

一年過後，我就退出了那個同人誌社團。然後在自己在那之前寫的兩本小說都沒有通過純文學類新人獎的第一梯次評選後，就慎重地接受了這項事實，也放棄了成為小說家的夢想。

時間又過了一週之後，我終於看完了如今正追逐著我所捨棄夢想的人們寫下的二十件參賽作品。

「你速度好快！有在做自己的工作嗎？」

貝塚似乎是為了其他事情而來，我把裝了參賽作品的紙袋遞還給他，他就失禮至極地這麼問我。是為了找河野妹才來校對部的吧，但她幾乎每天都準時下班回家。

「當然有啊。我又不是你。」

「你真失禮耶。」

「彼此彼此。我可是幫你做白工，至少該請我吃頓飯吧。」

「哦，好啊。今天約好的討論行程取消了，我剛好有空。」

「太幸運啦～人家想吃豬肉涮涮鍋！」

「請問可以讓我同行嗎！」

我在心裡大叫了一聲「啊？」轉頭看向聲音的方向——我的天啊！眼前的人不正是笑容燦爛迷人的正宗嗎！

「……你誰啊？」

貝塚沒給好臉色地問。對喔，這個人從他的個性看不出來，其實很不擅長和剛認識的人相處。我回想起了入社典禮那時候，貝塚沒有和任何人交談，一個人孤伶伶的樣子。但趕在我開口介紹之前，正宗就自己朝氣蓬勃地回答了：

「我是凹版印刷廠的業務員，敝姓正宗！您是文藝編輯部的編輯吧？今天先把公事撇在一邊，我一直很想認識文藝部的編輯！啊，不過，還是請容我向您請教公事！」

想問公事的話，這男人剛好是這間公司裡最不適合的人選喔——但我把這句話嚥回喉嚨，搶在貝塚說話前回答了：「當然可以！聽說這位編輯要請客，一起來吧！」

推著依然一臉欲言又止的貝塚的後背，讓他回到編輯部後，我也收拾了桌上的東西，和正宗一起走進電梯。自己身上以外的古龍水味掠過鼻尖。真看不出來，這應該是寶格麗的

Jasmin Noir香水。討厭啦，怎麼辦，完全超乎我的想像，心跳得好快！

「米岡先生，您和剛才那位編輯交情很好嗎？」

正宗自然沒有發現到我內心的小鹿亂撞，向我提出問題。

「嗯，因為我們同期進公司。雖然交情算不上很好，但因為在公司裡同期的人很少，所以比起跟其他人比較常聊天。」

簡短的對話在電梯抵達一樓，電梯門打開的同時就結束了。等了一會兒與貝塚會合後，就用編輯部的經費搭乘計程車，前往京橋一帶。

在每個座位都冒著蒸騰熱氣的豬肉涮涮鍋店內，正宗發揮了小狗般驚人的親和力，三兩下就讓貝塚對他敞開心胸。而且我發現，正宗並沒有我想像中的笨。貝塚對印刷廠發表著瑣碎的意見時，他會笑容滿面地側耳傾聽，假裝在看郵件，實則迅速地悄悄把貝塚的發言用智慧型手機的筆記功能記錄下來（我側眼偷看到的）。有些意見很中肯，像是：「有些特殊的加工和印刷方式雖然沒有前例，但希望可以讓我們挑戰看看。」、「如果你們做不到我們要求的格式，應該要一併提出替代方案或解決方法。」但也有一些只是霸道的無理要求：「總之你們排時程這件事要再改善！雖然比我們要求的時間還慢，但結果不是都趕出來了嗎？既然如此，從一開始就把時間往後延嘛！」但正宗把所有意見全寫了下來，甚至不著痕跡地問出了接下來某本初版印量可能很高的書，非常敬業地順便盡了業務員的本分：「我認為這本書能讓敝公司獲益良多，請問能委出敝公司處理嗎？」哪裡笨了，一點也不。而且在手機螢幕上點擊打字的速度超級快。恐怕比一般人對著電腦的鍵盤打字還快吧。

啊啊，真想再深入了解他。他平常過著什麼樣的生活呢？為什麼會進入印刷廠工作？個性又是什麼樣子呢？

結果兩個半小時，我都獨自一人悶悶不樂。因為明明是三個人一起吃飯，我卻完全沒有插嘴的餘地，貝塚一～直不可一世地高談闊論：「我告訴你，所謂文藝——所謂出版社——所謂印刷廠的使命——」以不擅長和剛認識的人相處為藉口，假裝自己很怕生，但其實貝塚都趁著這段時間觀察對方，評判對方的地位是否比自己高。然後，一旦判定對方比自己的地位低，就會徹底輕視對方，態度變得高高在上。因為我隸屬於有些特殊的校對部，畢業的大學又比他母校的偏差值高一些，所以受到了對等的待遇。但是，正宗不僅比他年紀小，姿態也壓得很低，最重要又是印刷廠的業務員，看來是被判定地位比自己低了。兩個半小時下來，貝塚都一派自命不凡地發表長篇大論，簡直沒完沒了。雖然帶著和煦的笑容聽著他說話的正宗非常可愛，但是——

……臭貝塚，快蒙主寵召吧！

「嗯？你說了什麼嗎？」

「不，沒什麼。編輯大人，感謝您的招待。」

要是正好有什麼又重又硬又具有黏性的尖銳物品掉到他頭上就好了——我瞪著貝塚坐進計程車時讓人恨得牙癢癢的後腦勺，在店門口送他離開。

「不是這世上所有編輯都像他那樣，別誤會呀。」

計程車揚長而去後，我這麼說了。聞言，正宗帶著微微的苦笑回道：「我知道。但在這個行業，都是那種人會出人頭地呢。」年紀還這麼輕，已經看破這世道了呢。就這麼回家好可惜喔——正這麼心想時，正宗就直視我的雙眼接著說了：「那麼今天時間已經不早了，我就此告辭。以後請務必再讓我同行。」

心裡頭的小鹿亂撞到我以為自己要暈倒了。

這下糟糕。我說不定真的墜入情網了。

今後該怎麼活下去才好呢？儘管內心懷抱著非常籠統的不安，但我對於自己的性向並不特別煩惱。不過，在迎來了可以光明正大喝酒的年齡以後，我就開始非常自然而然地一週造訪一次新宿二丁目。湊巧和脫離同人誌社團是同個時期。我在狹窄店裡的吧檯前喝著酒時忽然驚覺，即使不是刻意這麼做，人都會尋求自己的容身之處呢，然後不禁笑了出來。

二丁目是不論什麼樣的人都能包容的街道，但事實上，也是非常排外的一個地方。我常去的店由一對年紀挺輕的女同性戀伴侶所經營，氣氛很輕鬆自在，不管是同性戀或異性戀，想來都可以來。像我這種「沒有確定性向，也不想找到伴侶，為此也不苦惱」的人，只有這種店會接受我。

在酒吧或俱樂部愛上別人、別人愛上自己；結交朋友、失去朋友，偶爾也會吵架。在這個彷彿得了熱病的街道裡度過一天又一天，但還是慢慢地對未來產生了焦慮。

——米岡弟，你考上了好的大學，以後工作根本任你挑嘛。哪像我，是在孤兒院長大、還只有國中學歷的拉子。就算我自己不在意，世人的眼光還是很可怕。當年我非常苦惱到底要上山當樵夫，還是下海從事色情行業呢～

當我茫然地說出自己對將來的不安時，老闆Rita就在吧檯後頭笑著這麼說了。聽說她以前在隔壁條街的老字號女同志酒吧裡當女公關……不對，是男公關。她並不是T，真要說的話兩邊都可以，但中性的打扮讓她很受歡迎。

——樵夫？好久沒聽到這種職業了。

——不，真的有喔。聽說只要一整年都待在山上砍柴，就可以賺到一大筆錢。雖然也聽說那段期間都不能回家啦。

——那會不會是騙人的啊～？

——應該吧。因為也沒有客人再回來過。

Rita的伴侶Hana說，我吃了一驚，還真的有人試過。而且還是這裡的客人。

店裡的常客什麼人都有。有醫生和律師，也有學生和無業遊民。已經過了人生的顛峰時期，如今在歌舞伎町工作的風塵女子也偶爾會到這裡來。遠離了自己所屬社會的人們在進入另一個圈子時，所有人都會變成平等的存在。當年還是學生的我也一樣，明明是個還沒見過世面的年輕小夥子，「這輩子只學了法律」的律師卻很認真地聽著我發表文學理論，還聽得津津有味。

闊別多年，重新來到充滿了我青春回憶的店家一看，店名卻不一樣了。我姑且先打開門，瞧了一眼內部。吧檯內側的人果然不是Rita和Hana。

「歡迎光臨。請問是誰介紹你過來的呢？」

吧檯後頭長相凶惡，又剃著平頭的青年一看見我就問。這一帶的店家大抵會在門口貼上「會員制」的牌子，門上也沒有小窗，看不見店內的景象。事實上並不是非得要填寫書面資料，辦理手續成為會員，意思單純只是謝絕初次來訪的客人，沒有他人的引薦不得入內。我第一次踏進二丁目，也是當時來往密切的一個店員帶我來的。我在他的帶領下去了不少店家，最後固定在Rita的店出沒。

「啊，對不起，不是的。我記得以前這裡是一間叫作『Limit』的店……」

「哦，你是指Rita和Hana開的店吧？她們搬去沖繩了喔。說是要兩個人一起繼承Hana母親在美軍基地附近開的店。」

「這樣啊……」

久未露面的人明明是我，我卻自顧自地感到寂寞。

「如不嫌棄本店，那就在這裡喝一杯吧。」

大概是看到我大失所望的樣子心生同情，平頭青年說道，招呼我進店裡。

今天是週五晚上，店裡卻除了我以外只有一名客人，還在吧檯最內側的位置上喝得爛醉如泥。這家店要經營下去沒問題嗎？我擔心地環顧了店內一圈，平頭青年就遞來名片，辯解說道：「今天有大型活動，大家都往那邊去了。」名字叫作Masa。

「你很久沒來二丁目了嗎？」

Masa一邊問我，一邊調製我點的Amaretto Fizz。

「嗯，已經好幾年沒來了。果然都變了呢。」

那當然呀——Masa感慨萬千地點點頭，懷念地說起了柳通（正式地名為花園通）上某間俱樂部的閉幕派對。

「……那間店關門了嗎！什麼時候！」

「討厭啦，你真的很久沒來了耶。」

Masa粗略地列出了我離開的這六年來，新開的和倒閉的店家。新舊汰換的速度之快，讓我感受到了時光無情的飛逝。

「也是，我都已經二十八歲了呢……」

喝下甜得足以麻痺大腦的調酒，我隨著嘆息吐出這句話。

「那麼，今天是吹了什麼風？隔了這麼久，難得想來這裡找對象嗎？那別留在這裡了，去其他間店或者參加活動比較好喔。」

「不是。我覺得自己現在好像在單戀一個異性戀的男孩子。好久沒有喜歡上一個人了，不曉得該怎麼辦才好，所以就跑過來了。」

「唉啊……那可真辛苦呢。」

想起了剛才還在一起的正宗，我又嘆了第二口氣。

「乾脆撲倒他吧？啊，但你看起來不是這種類型呢。」

「嗯，因為人家是草食系嘛。」

「既是草食系又是Gay，未來只有遁入空門這條路能走喔。」

「嗯，也就是僧職系（註1）呢。慢著，別開這種不寫出來就看不懂的玩笑啦！」

和長相凶神惡煞，儼然像是幫派殺手的Masa聊了一會兒，就覺得成為社會人士以後，內心變得乾涸的地方開始吸收水分變得滋潤。一過凌晨兩點，客人突然大舉增加，我於是結帳離開。「歡迎隨時再過來喔～」Masa在吧檯後頭對我揮手。我也向他揮手，置身在醉得拋開了憂愁煩惱的行人當中，從容地慢步走向靖國通。

我從不曾為自己生來就是男兒身感到懊悔。但是，空有人類的軀殼，卻只能在這條狹窄的街道裡自由悠游的魚兒們，又是何其的多呢。

其實我想成為文藝編輯。這件事我沒有告訴過任何人，今後也不打算在公司內公開。從高中到大學時期，我一直很崇拜以前為少女小說家的四条真理惠老師。自從放棄了成為小說家的夢想，我就把自己的夢想寄託在真理惠大師身上。於是想要成為編輯，親手輔佐她，協助她得獎。

但我在一家人吃飯的時候提起這件事後，哥哥卻私下制止了我。

——光男，你是同志吧？

大學三年級剛開學不久的時候，哥哥把我叫到房間，開門見山就問。我既沒有蓄意隱瞞，也不介意被發現，但還真沒想到會有人這麼直接，還是親人跑來問我。

——我自己也不是很確定。不過，我想自己偏向那邊吧。

我老實地回答了。如果和恐龍及古代生物一樣，人類有朝一日也要走上滅亡的道路，亦

註1：僧職系與草食系的日語發音相同，皆是 Sousyokukei。

即撇開繁衍後代這個問題，我不認為一定要把人類明確地劃分成男人和女人。直至今日，也不覺得這種區分有什麼意義。

——看你的外表和言行舉止，別人都會覺得你是同志吧。而且，你也不會否認吧？要是你可以藏得滴水不露，那我也不擔心，但你沒有打算隱瞞吧？

——我不懂為什麼一定要隱瞞。

——那麼等你以後當了編輯，一定會很痛苦。就算你的本性再善良，這個社會還是對少數的族群存有歧視。我不認為你有堅強到可以戰勝明明不是自己的錯，對方卻還是對你懷有的惡意。

當時哥哥已經出了社會。大學讀的是理科，工作從事的又是醫療領域的研究人員，明明和文科八竿子打不著關係，為什麼會說這種話？我內心滿是疑惑，才經由哥哥口中得知，製藥公司的業務員在銀座的俱樂部招待教授時，在那裡遇到了編輯和作家。聽說那名作家讓立場上無法違抗自己的年輕女編輯隨侍在側，揉她的胸部（還說什麼不想被店裡的小姐討厭，不會對她們這麼失禮），更要求男編輯只穿著一條內褲趴在地上，喝地上盤子裡的酒。看到一個晚上就算揮霍了一百萬也不會害出版社虧錢的重要「作家大師」把編輯們當作奴隸對待的荒唐行徑，就連已經見識過了這世上各種骯髒手段的醫學部教授也表示避之唯恐不及。

——我明白你想成為喜歡作家責編的心情。可是，工作不可能只做你自己喜歡的事情。

你一旦從事與人有所接觸的工作，一定會被欺負。尤其在這個國家，只要和多數人有些不一樣，大家就會蠻不在乎地以此為把柄來嘲笑你。這種傾向到現在還是根深柢固。如果沒有這種文化，現在的日本早就不會有人因為被霸凌而自殺了。就算是工作，你忍受得了這種對待嗎？

我可以！當下我有些不滿。可能是面對說的話永遠正確的優秀哥哥，產生了些許的反抗心理。但是，思考了一天以後，我就得出了「還是不可能吧」的結論。至今沒有受到什麼壓迫，幾乎可以算是奇蹟了。從學校這個封閉的世界走到外頭，大概沒辦法再和以前一樣過得那麼自由。

隔天，我從抽屜的寶物盒裡挖出以前文英社的《Robin》編輯寄給我的老舊明信片，拿去給哥哥看。

——嗳，哥哥你看，你覺得我真的適合當校對員嗎？

哥哥接過泛黃的明信片，看完以後露出微笑。

——原來如此。如果是校對，應該沒問題。

——你怎麼知道？

——因為我寫論文的時候，也會接觸到校對員。只不過，是專門負責醫學領域的自由接案校對員。這份工作基本上只要用電子郵件往來就好，不需要與作者當面見面，而且也不可或缺。

說完，哥哥從公事包裡拿出當時正執筆撰寫中的論文給我看。「這些部分都是校對員的修改。」然後指出寫著鉛筆字和紅筆字的地方。

——哥哥，你真的無所不知耶。

——因為我比你早出生啊。

——哥哥，你不覺得痛苦嗎？都沒有過叛逆期，出生至今也一直都照著爸媽的期望長大，當著爸媽自豪的乖兒子，這樣子不會累嗎？

我問出了一直想問的問題，哥哥依然笑著回答了。

——我啊，喜歡分毫不差地走在別人鋪好的道路上。就和玩遊戲一樣，只要照著攻略本走，就一定可以取得高分，最後也能破關。是一樣的道理。

——這樣好奇怪喔。

——你是連路在哪裡也不知道的那一種人呢。從其他方面來看，我很羨慕你。

——是挖苦嗎？

——不，我說真的。所以你就代替我，去看看我沒能看見的、既定道路以外的世界吧。

「我說你真的夠了喔！不要得寸進尺！我這邊該負責的工作已經結束了吧！什麼？不空

成就如來的三圍？這種事情我哪知道啊！東寺裡頭就有了，自己帶著捲尺去量啦！啥？開什麼玩笑，我這裡又請不到出差費，你自己去！」

「河野小姐，妳吵死了！而且東寺的佛像禁止觸摸喔！」

「真是非常對不起！」

隔壁的河野妹把話筒摔向電話，另一頭的人物恐怕正是貝塚。看著呼吸起伏劇烈、重新在位子上坐好的河野妹，我不禁心想：這裡也有個連路在哪裡都不知道的人呢。搞不好，校對部就是我們這些走不上正常軌道的人聚集的巢穴。乍看下校對部與公司內所有的部門都有著連繫，卻又像孤島一樣，與外界完全隔離開來（真的申請不到出差費）。

我曾經夢想當四条真理惠大師的責任編輯。而真理惠大師即將在景凡社出書，文藝編輯部的藤岩小姐拿來了最新作品的原稿，由我負責校對。雖然很遺憾地，我們沒能親手將真理惠大師送上獲獎的舞台，但在其他出版社的作品得了大獎，值得紀念的「得獎後第一作」也將由我們親手讓它問世。現在也已經向印刷廠下了二刷的訂單。

其實，藤岩小姐和我早在入社前就認識了。雖然沒有說過話，但在真理惠大師的簽名會等活動上早就打過幾次照面。所以在河野妹那一屆的入社典禮上看到她時，我打從心底如釋重負。這下子，就可以把我的夢想託付出去了。不過，藤岩小姐還真是土氣又樸素到無可救藥耶——然而，想不到前些天河野妹竟然伸出援手，讓她搖身一變成了窈窕淑女！河野妹對時尚的熱情實在太驚人了。要是那份熱情可以稍微投注在校對這份工作上，就可以成為超級校對員了呢，真可惜。

連日來，河野妹難得一直是無精打采。前陣子她負責校對一份將時尚隨筆集結成單行本出版的校樣，聽說在雜誌上連載的時候，她就是這個專欄的忠實讀者。面對喜歡的東西，就沒辦法冷靜地進行校對。前幾天在校對真理惠老師的大作時，我才剛體會過這項事實。但對文藝沒有半點興趣的河野妹，卻在這次也陷入了相同的狀態，校對完後似乎沒能感到心滿意足。再加上還徹底忘了其他部門委託的批改校對，還是我出手幫忙，才勉強趕在截稿時間之前完成。

上個週末，我在有明競技場的時裝展上巧遇河野妹。雖然沒有她那麼誇張，但我也喜歡時尚，有好幾名設計師從他們還獨立製作的時候就是支持者。其中一名設計師邀請我參加時裝展，河野妹則是收到了她單相思的作家兼模特兒的邀請。

這樣的孩子也會墜入愛河嗎？我可是大大地吃了一驚。雖然這樣的吃驚對她很失禮，但沒想到這個和推土機沒兩樣的孩子，原來也是個平凡的女孩嘛。我內心感慨甚深。那名兼作模特兒的作家自然長得不差，而且難得從事這個行業，卻一點同志的氣息也沒有，我真心地希望她可以發展順利。

這個世界就要到聖誕節了。內心這股分不清是不是戀愛的情感會有什麼結果呢？我來到東西百貨的一樓精品賣場，挑選著要送給家人的聖誕禮物，心不在焉地想著如果要送正宗，該挑什麼當禮物才好呢？就在這時候——

「啊，米岡先生！」

一道嗓音呼喚了我。這什麼啊，簡直是漫畫裡才會出現的情節！

「正宗！」

「您來買東西嗎？」

今天適逢假日，地點又是為了聖誕節展開促銷大戰的熱鬧百貨公司。我的目光無意識地掃過他兩側。只有他一個人。此外，還沒有買了東西的跡象。

「嗯。正宗，你也是嗎？」

「是啊，想買些新衣服。」

「可是，再過兩個星期就有特賣會了耶？」

「但通常好的東西都不會留到那時候吧。」

由這句發言可知，他在裝扮自己上屬於不會妥協的類型，我心裡非常開心。不論長得再帥、再漂亮，缺乏審美觀的人，往往生活習慣也會比較邋遢（但是超級愛美的人，也會在其他方面上超級粗枝大葉。例如河野妹）。今天能在這裡遇見正宗，根本是神明引發的奇蹟。

於是我鼓起勇氣開口了。

「正宗，等你買完東西，要不要再見個面一起吃飯？雖然離晚餐時間還早，但就簡單吃點東西。」

「啊，當然好啊。而且上一次完全沒能和您聊到半句呢。可能要再一個小時的時間，可以嗎？」

「嗯，我也差不多要再一個小時。」

我們互相交換了電話號碼，暫時就此道別。

後來，我和正宗就在附近從傍晚五點開始營業的居酒屋一起吃了飯。雖然氣氛稍嫌不夠浪漫，但還是度過了一段愉快的時光。正宗說了，原本老家開的是照相排版的小店，所以他才會進入印刷廠上班。從小他就幫忙家裡的工作，但如今照相排版的工作量銳減，老家就把店收起來了。但是，因為還是想從事與印刷有關的工作，專門學校畢業以後，就進入大規模的凹版印刷廠上班。雖然薪水不多，也不是自己想待的部門，但現在的工作內容比想像中還有趣，所以每天都過得很充實。

這段時光真的很愉快。能和懷有好感的對象單獨一起吃飯，簡直像作夢一樣，正宗又不負我的期望，是個彷彿從童話故事裡走出來的開朗好孩子。任我再怎麼觀察，在他身上也找不到半點的黑暗。

「打起精神來吧……」

我在吧檯上捧著腦袋，Masa把放了綜合堅果的小盤子遞到我面前。我說著「謝謝」，捏了幾顆堅果丟進嘴裡。

數小時前。

——啊，米岡先生，請看。這是我今天買的衣服，您覺得怎麼樣？

我們兩人一起坐在吧檯的位置上，正宗窸窣作響地從購物袋裡拿出衣服。透明的塑膠袋裡包著灰色的法蘭絨西裝外套，和稍微刷舊增加復古感的藍色燈芯絨褲。還有一件似乎是在另一間店買的，上頭有低調骷髏頭花紋的白色襯衫。

——好帥喔！看起來很適合你！這件褲子的顏色好好看，我也好想要喔！

——太好了。因為米岡先生總是打扮得很時髦，意見很值得參考。我打算聖誕節約會的時候穿這套衣服，向女朋友求婚。不知道會不會成功呢。

——……

只要生物之間存在著男與女這種區別，大多數人都會和異性成雙成對。這點我早就知道了，也不抱有任何期待。但是——

——如果是我誤會了，真的很抱歉，但米岡先生的內心是女性吧？從女性的角度來看，您覺得怎麼樣？雖然我才二十五歲，您覺得會成功嗎？

——……一定會成功啦！絕對沒問題！因為正宗是優質好男人啊！

所謂內心淌血，就是用來形容這種時候的心情吧。

「唉呀，就叫你打起精神來嘛。」

「人家明明就不是女孩子……明明是男孩子……」

「要別人正確地了解自己，本來就不可能嘛。反正也約會過了，算是很幸運啦？而且，對方人很好呢。身為異性戀，還是設法理解你。」

「嗯……可是，這種理解錯誤的溫柔太讓人心碎啦……」

連我也覺得自己真是難搞。如果我是正宗，會有很多顧慮，不知道該怎麼和我相處吧。每個人截至目前為止看見的，都是自己一路走來的軌道上往外看出去的風景。前方的道路也只能依據自己的想像，尋找著陸點。

難道就沒有一個地方，可以單純地只是當一個人，不去區分男人和女人嗎？也許只要用心尋找，在我不知道的某處確實真的存在著吧。但是，既然整個社會都在提倡男女平等，也應該要有這麼一個不費力去尋找，就能讓人放心深呼吸的地方啊。

就在正宗預計要求婚的平安夜當天，河野妹接到了部門內部調職的命令，將從文藝轉到週刊雜誌校對小組。事前部長就找我商量過了，所以我早就知道這件事。但是，河野妹卻帶著好像世界末日來臨般的表情回到位置上。

分明對校對沒有絲毫興趣，有必要那麼受到打擊嗎？原來她是無法原諒自己是因為犯錯才被調職。儘管對校對不感興趣，河野妹面對工作卻非常認真盡責，全是為了累積工作上的成果好日後調到《Lassy》編輯部去。為了早日調到自己夢寐以求的部門，她不容許任何的汙點。

我入社的情況，類似於電視台的播報員招考，因為景凡社是採用「校對部甄試」這種特殊的招考方式，所以除非有其他部門積極挖角這種例外，否則無法在校對部以外的部門工作。這點除了部長以外，幾乎所有校對部員皆是如此。但是，河野妹是在經過一般的入社招考被錄取以後，才被分配到了校對部。所以只要她的申請獲得上面批准，想去哪個部門都可以。

結束工作，收拾東西準備要回家時，結束了年末寒暄的正宗來到校對部。身上穿著那天請我看過的衣服。基本上業務員都要穿西裝，但景凡社原本就是以時尚雜誌為主力的出版社，所以對於出入業者的服裝也沒有那麼嚴格。

「啊，米岡先生，怎麼樣？這身打扮不會很奇怪吧？」

「嗯，很棒喔，非常適合你。」

我內心陣陣刺痛地回答，在旁邊整理著桌子的河野妹忽然露出猙獰的表情，一骨碌轉過頭來說：

「為什麼你是問米岡對衣服的感想啊！這種事情應該問我吧！」

「啊，不，我只是在想從女性的觀點來看，不知道看起來怎麼樣……」

「那更應該要問我才對吧！他才不是什麼女性，應該說根本不是男人也不是女人！這套衣服雖然適合你，但鞋子太奇怪了！既然要這樣搭，鞋子就不可以穿黑色，要穿褐色的！而且馬銜扣的顏色跟手錶帶的顏色也不搭！脫不了鞋子就把手錶給我拔下來！」

河野妹的魄力就像是情境喜劇裡在吵架的夫妻，劈哩啪啦地講了一長串，最後再千叮嚀萬囑咐「一定要拔下來喔！」就又回頭繼續整理桌面。正宗被她凶巴巴的樣子嚇到，整個人直立不動地應道：「好的。」然後小聲問我：「河野小姐怎麼了嗎？」

「這個嘛，因為發生了一點令人同情的事情～」

「不准說令人同情！」

「抱歉抱歉。」

心裡對她有些歉疚，但我還是忍不住笑了出來，為了不再激怒她，帶著正宗來到走廊上。

「祝你一切順利。加油喔！」

聽到我的祝福，正宗一邊摘下手錶一邊說著：「謝謝您。」

目送他的身影消失在電梯大廳，我反芻著河野妹剛才的發言——不是男人也不是女人。

直到這時候，我才震驚於她居然能在瞬間脫口說出這句話。雖然不知道她是否真的明白，但對於她竟能反射性地這麼反駁，我心裡十分開心。

表面上以河野妹的過失為藉口，將她從部門內的文藝調到雜誌小組，但其實這是提升她能力的一則考驗。河野妹的校對正確性之高非常驚人，任何錯誤都逃不了她的法眼，難以想像成為校對員才第二年而已。所以不只文藝，如果能在早期就先讓她經歷過更加辛苦的雜誌校對，等到有天被調為雜誌的編輯時，就可以馬上成為戰力吧——這就是部長的想法，但讓人真不知道該感激他，還是覺得多此一舉。

不是男人也不是女人。這句話實在讓我開心得合不攏嘴，就把部長真正的用意告訴沮喪的河野妹吧！我這麼心想著從走廊走進辦公室時——

「河……」

「米岡！你現在有空嗎！」

……這傢伙未免太會抓時機掃別人的興了。明明今天是平安夜，人家正要為可愛的後輩當一回聖誕老人耶。

「嗯……」

從後頭叫住我的貝塚一把拽過我的手臂，直接把我帶到了樓梯間。接著環顧四周，確認四下無人以後，才壓低音量悄聲說了：

「之前由你挑出來的那份新人獎原稿，這次有可能會得獎喔！」

「咦！真的嗎！但現在就有結果，不會太早了嗎？」

「現在還在第二階段的評選，但公司裡的人都在說應該可以確定是這本了。我覺得到了最終評選，評審大概也會留下那件作品。」

在貝塚硬塞給我的二十份稿件中，只有一份稿子特別出色又有趣。是以大正時代為背景，屬於不會有人死亡的懸疑推理小說。詭計設定得很巧妙，最重要的是登場人物都能讓人產生共鳴，當我回過神時，發現自己已經看得進入了忘我的境界。如果那份稿子能夠得獎，也很有機會可以推出續集。

「咦~討厭，好開心喔！」

「所以，我想拜託你，能不能當作那份作品是我選出來的？不對，是求你一定要答應，拜託了！」

眼前的貝塚向我膜拜似地雙手合十，深深低下頭去。我就知道是這樣——不過，懇求的時候還能這麼臉不紅氣不喘，這男人還真是沒救了呢。我夾雜著苦笑嘆一口氣。

「……可以啊。反正我只是校對，又當不了責任編輯。」

「謝啦！下次我請客！」

「說什麼請客，你每次都是動用編輯部的公費吧？偶爾也要自掏腰包啦！」

看著不停低頭致意、走下樓梯的貝塚，我回想起了正宗說過的話和臉上的苦笑。

——在這個行業，都是那種人會出人頭地呢。

那個人也確實會在圓滑周到的處世下，慢慢出人頭地吧。結果，我成了貝塚的聖誕老人，而不是河野妹的。

回到辦公室，卻不見河野妹的人影。她的東西還在，應該還在公司吧，只要在原地稍等一會兒，就能告訴她部長真正的用意。但是，很不巧我今天要回老家，和全家人一起共進聖誕晚餐，所以必須撤退了。向還在辦公室裡的雜誌校對小組說了聲「那我先告辭了」，拿起包包離開公司。

儘管身體和心靈都很寒冷，但沒有想像中難過。也沒有在心裡詛咒正宗求婚失敗，反而由衷希望他可以成功。而且，一想到我挑選出來的原稿有可能得獎，內心就高興得湧起暖意。只要待在校對部，根本不會有機會看到新人獎的參賽作品。這樣的我，好像稍微窺看到了軌道之外的世界。不得不放棄成為小說家和編輯以後，建議我可以當校對員的哥哥今天也會回到老家，就和他分享一下我今天看見的風景吧。

第三話
校對女王身邊的
比起女孩更是女人・藤岩

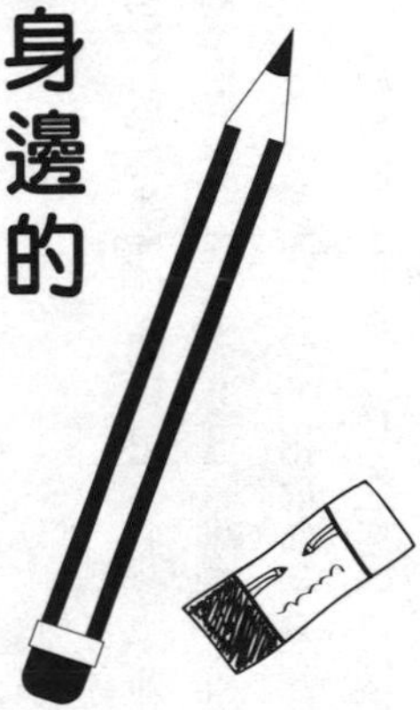

悅子的研習筆記 其之九

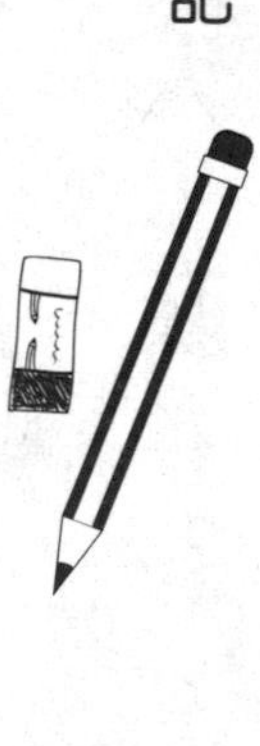

【翻頁校對】就是字面上的意思，把修改前的校樣和修改過的校樣疊在一起，透過迅速翻頁，利用殘影確認有沒有多出來的修改部分。也稱作「殘影校對」。翻來翻去，就像翻頁動畫一樣。在銀行比對印章是否相同時，也是採用這個方法。也就是用人力＋目視來進行ＩＴ用語裡所謂的「diff」指令。Diff？從Difficult來的嗎？等等查一下好了。

還有米岡說了，馬克・Ｌ・萊斯特和馬克・萊斯特是不同一個人，但馬克・萊斯特是必須知道的常識。這兩個人我都不認識啊！（註2）

進入公司約一年的時候，我知道了那些打扮得花枝招展的女社員們在背地裡稱呼我為「徵召褲」。於是在我截至目前為止的人生中，別人取的綽號和像謚號一樣暗中稱呼我的外號清單上，又再多了一筆。

但是，徵召褲是目前為止最不知所云的綽號。小學低年級時，我的綽號是「眼鏡猴」。我想由來各位都想像得到，所以就省略吧。升上高年級以後，就變成了「書子」。不是梳子的意思，是書呆子的簡稱「書子」。雖然曾經融合眼鏡變成「眼鏡書子」，但因為班上還有一個只叫作「眼鏡」的同學，所以不久這個綽號就被淘汰了。我深深慶幸好險不是簡稱為呆子。畢竟我也是女生嘛。升上國中以後，綽號分成了「宅女」和「委員長」兩派。同樣都是戴眼鏡的角色，但我覺得兩個綽號的意思似乎處於兩極。況且在現存的國中裡頭，真的有學生擔任「委員長」這種職務嗎？不是文化祭執行委員長之類的「某某委員長」，就只是「委員長」。語感上應該是指「班長」這種負責帶領整個班級的學生，但實際上我並不是班長，

註2：馬克．L．萊斯特（Mark L. Lester）為美國電影導演；馬克．萊斯特（Mark Lester）為英國演員，曾表示過自己可能是麥可傑克森孩子的生父。

而是教育機關指定的正確用語中的「圖書委員」。再者，我也不是大家口中的「宅女」。學生時期可以當御宅族的人其實很有限，因為御宅族的活動多數很花錢。出生在貧窮家庭的我，就算想要成為涉獵漫畫、動畫、職業摔角或者鐵路這種獲得普遍世人認可的主流御宅族，我也心有餘而力不足。

對於家境貧窮，又喜歡待在家的小孩而言，最方便且不用花錢的娛樂就是學習與閱讀。理由我想大家都想像得到，雖然想要省略，但為了理解能力不佳或者與這種生活無緣的人，還是說明一下吧。在這世界上，存在著可以免費借書的公共設施，裡頭還設有可以學習的空間。雖然其他也有唱歌和跳舞這種只要活動身體，就不需要花錢的娛樂，但活動身體會導致肚子餓，伙食費也會因此增加。而且住在公寓，音樂和跳舞這一類的娛樂只會給左鄰右舍造成莫大的困擾，也會很難為情。還有，我是音痴，節奏感也不好。如果有不食人間煙火，宛如瑪麗·安東尼王后的女人們說：「那看電視不就好了嗎？家裡至少有電視吧？」我要告訴妳們，看電視是要付電費的。如果有蜜糖甜心（老派）般的女人們說：「那為了和更優秀的男人交往，努力把自己變漂亮不就好了？」我也要告訴妳們，妳們不要再自以為是，以為自己站在女生世界的頂點了！我已經有東大畢業，約好以後要一起步入禮堂的男朋友了。呵哈哈哈哈哈，看看妳們的傻樣！真是一群輕浮又無腦的低俗女人！男人這種生物在選女人的時候才不會只看外表，更注重內在好嗎！

……不過，徵召褲到底是什麼啊？我有受過什麼徵召嗎？

「……不是徵召啦，是貞操。意思是THE IRON鋼鐵牌的內褲。」

眼前的河野悅子張口咬下淋了巧克力醬的香蕉，嚼了幾下後吞進肚子裡，然後這麼對我說。她和我同期進公司，隸屬於其他部門，在出版業界裡算是神聖不可侵犯的領域，也就是「校對部」。但是，與聖域格格不入的她，外表和言行舉止都彷彿是瑪麗・安東尼和蜜糖甜心和時下年輕女子的化身，其他同樣打扮得花枝招展的時髦女社員們都暗地裡稱呼她為「時可姊」。意思大概是時尚又可愛吧。貞操褲。時尚可愛。兩者的語感和差別待遇真是讓人火大。

「跟THE IRON牌有什麼關係……這裡IRON的意思應該是熨斗才對吧？三流大學的水準真的很糟糕耶。」

「我們學校才不是三流大學！反正這個牌子就是叫作THE IRON啦！」

「不過，有個服飾的品牌叫作IRON MAIDEN吧？一個非常喜歡澀澤龍彥（註3）的朋友

註3：1928-1987，日本小說家。

很常穿，所以這點小事我還知道喔！」

「妳說的應該是叫鐵娘子的樂團，或是血腥伯爵夫人巴托里．伊莉莎白為了用處女的鮮血沐浴所愛用的拷問道具吧！裡面全是釘子，看起來就好痛！而妳說的朋友愛穿的服飾店應該是叫作Victorian Maiden，但品牌還沒有大眾到像妳這種和衣服無緣的人可以隨口就說『這點小事我還知道』喔！因為只有大阪才有直營門市啊！」

「Victorian什麼的不是美國的內衣品牌嗎？」

「那是維多利亞的祕密！居然會從妳嘴裡聽到那種賣華麗內衣的牌子，這是今天最讓我震驚的事情了！要是妳想知道的話，我可以從品牌的成立、理念乃至特色都說明給妳聽喔！要聽嗎？」

「感覺會又臭又長，還是算了。」

「聽嘛！」

「不要。」

「枉費妳買了這麼多衣服～再多一點對衣服的興趣嘛！」

河野悅子臉上帶著失望的表情，把甜點的湯匙舔得一乾二淨，雙手合掌說道：「多謝招待。」

「呃，我可沒有打算要請妳喔。」

「我也沒有要妳請我啊。一般吃完東西都會講這句話吧。」

聞言，我不由得看向她面前變得空空如也的甜點盤。吃得非常乾淨，不留殘渣。回想起來，甜點前吃的主餐盛裝在外觀時尚的大碗裡頭，記得也是一顆米粒都沒有留下。和她面對面吃飯，卻一點也不覺得不愉快。雖然講話很粗俗，但說不定教養很好。

「啊～真好吃。看到了好多衣服，又吃到了好吃的飯，剩下的就是存錢買新衣服了。好，明天也加油吧！」

她的表情像是充飽了電，用餐巾紙擦拭嘴巴，接著拿出智慧型手機滑動螢幕，再把螢幕轉向我問道：「噯，妳覺得這件怎麼樣？很可愛吧？」是件藏青色的連身裙。

「應該很適合妳吧？我又不太懂衣服，不要問我啦。」

這麼有女孩氣息的對話是怎麼回事？我感到有些害臊，發出的聲音連自己都覺得冷漠。

「不是啦～不是我，是妳要穿的。文藝編輯應該經常要參加派對吧？今天買的都是上班穿的衣服，但妳也需要洋裝吧？總不能每次都向森尾借，自己也預先準備好幾套洋裝比較好喔。」

「文藝的派對基本上都是由我們在接待作家，所以穿套裝就夠了。」

「我都不知道講過幾百遍了，妳的套裝真的很土耶。至少送去修改一下肩寬和臀圍也好啊。」

河野悅子的「真的很土耶」的語調不是那種「妳真是夠了喔」，而是跟「真的很好玩」一樣，讓我覺得她真的是很時下的年輕女孩。此外，被人說土氣也不是第一次了，所以我現在也不會生氣，但聽到她要我送去修改，還是嚇了一跳。居然會有人把衣服送去修改再穿，到底多有錢啊。

回答完「我會考慮」後，兩人走出店家。我在車站與河野悅子道別，忽然想起自己以為是徵召褲的綽號其實是貞操褲，卻忘記問原因了。反正想也知道一定不是什麼好的意思，等之後想起來的時候再問吧。

回到家歇口氣後，把買來的衣服和鞋子拿出紙袋，攤開在地板上。試著想像自己穿上這些東西的樣子，我覺得簡直像來到了異世界。對了，我之所以會知道維多利亞什麼的美國內衣品牌，是因為學生時期曾去美國短期留學過（因為是交換留學，學費很便宜）。當年我把內褲丟進投幣式洗衣機裡頭洗，結果縮成了只有原本一半的大小，腰部的鬆緊帶還變得支離破碎，非不得已下只好買新的內褲。在當地成了好朋友的學生，帶我去的內衣專賣店就是維多利亞什麼的牌子。雖然不只內褲，所有衣服也都縮小了，但因為全是父親的舊棉褲和舊T恤，所以並沒什麼問題。反而變得很合身，真是萬幸。

把話題再拉回到衣服上吧。說到為什麼事情會演變成這樣，是因為我現在想增廣自己的見聞。這陣子發生了幾件事情，讓我驚覺自己的視野其實非常狹窄。

文藝編輯部裡有個年紀和我相仿，名為貝塚的男前輩。這個人的外表看起來是認真正派的上班族，實際上卻很輕浮。該說輕浮嗎？不，應該是吊兒郎當。不對，也不是吊兒郎當，而是做人非常失敗。但是，知名男作家們卻都對他青睞有加，而且提供的稿費明明不高，卻都能讓作品十分暢銷的一票作家點頭答應，為文藝月刊雜誌《小說景凡》連載寫稿。據我所知，後來也真的都請到了他們。

既是校對部員也是真理人的米岡先生和貝塚先生同期，我曾有一次問他：「為什麼像貝塚先生那種人，明明做人那麼失敗，卻可以請到那麼多作家來連載呢？」

——貝塚他呀，有想做的書喔。

米岡先生笑著回答。

——那就去做啊。他是文藝編輯部的編輯，這很容易吧？

我不能釋懷地繼續追問。

——是我說得太不清楚了呢。我的意思是，他有好幾個想一起共事的作家。不過，如果要為那些作家出書，我們公司一定會賠錢，所以就算提出了企劃案也不會通過。也就是說，他是想為那些默默無名的作家出書。

——……我不太明白。

——妳沒聽說過嗎？假設有一本書能熱賣二十萬本，這本書的營收就可以支援初版僅四千本、而且還很有可能賠錢的新書出版。但是，只有三本書能夠通過企劃案。只要有一本書大賣，就可以暫時地養活三個默默無名的作家。所以他才這麼賣力，拚命地邀到那些暢銷作家的稿子，想辦法在這種情況下做出成績。貝塚日以繼夜地接待那些老師，體內的器官可能都要壞光光了，所以妳有空就慰勞一下他吧。

不過，他做人倒是真的很失敗呢——米岡先生補上這一刀後又笑了。我還以為貝塚會成為編輯，只是為了和知名作家搞好關係，坐享漁翁之利。然而實際上，他一直在暗地裡一點一點地栽培著無名作家。知道了這個事實以後，隔天我就重新翻閱以前的會議記錄，察看貝塚推薦過哪些作家，再從收藏於書庫裡的過期雜誌中找出那些作家的短篇，好好拜讀一番。多數作品都很樸實平淡。但是，卻也都是讓人回味再三的好故事。想不到那個人居然還有這一面！

隨後，之前河野悅子負責校對的Fraeulein登紀子設計師所寫的時尚隨筆集出版了。本來這類型的書籍，我絕對不會主動翻開來看。但有鑒於貝塚這個前例，我向上司報備一聲後，就從堆在編輯部裡的成書中抽出一本帶回家，單純基於好奇地翻開書頁。

我再一次體認到這世上真的存在著所謂的上流階級。不，當然我從以前就知道上流階級的存在，但只當作是一種知識。自古以來，寫下歷史的都是極其少數的暴發戶和無數的上流階級，現在依然是同樣一群人在推動社會的經濟與文化。但是，本以為這和學生時期過得坎坷崎嶇、可謂獨立女公民的我完全無緣，也一輩子都不會有交集。未料大學畢業以後，進入朝思暮想的出版業界，我才發現業界裡棲息著許多如今已是稀有物種的名門公子與閨女，尤其景凡社還特別多。例如米岡先生的老家從前其實是帝國陸軍軍醫（和森鷗外是同事！）家系，現在則在東京都內經營三家醫院。聽到這件事的時候，我不禁心想這樣子不會有繼承問題嗎？大概是無謂的擔心表現在臉上，米岡先生就苦笑說了：「不用擔心，我大哥大嫂會負責繼承。」而現在仍在持續推出作品的作家中，也有不少人出自從前擁有爵位的家系。文壇也喜歡這種一目瞭然的品牌。

Fraeulein登紀子擁有四分之一的德國血統，祖父是德國貴族後裔。我一直毫無來由地輕蔑這些資產階級，認為他們滿腦子都只想著如何打扮自己，但其實個個學識淵博，也都熟知時尚方面的歷史和經濟變遷，還把這當作是一種涵養，著實令我大吃一驚。比如高跟鞋的崛起和歐洲貴族的生活習慣，又比如女性解放運動和馬甲和可可．香奈兒。又比如ＹＳＬ聖羅蘭的首次公開募股為法國經濟帶來了何種影響，還有時尚在社交場所以及對時間、地點和場合的重要性。

書中出現的專有名詞我幾乎都看不懂，但有不少篇隨筆都讓我看了豁然開朗，抑或感到大開眼界，讀完整本書時，強烈的挫敗感更是重重地壓在我心上。我領悟到了這是自己不知道的領域的學問。再加上書中沒有半個錯字和漏字，也沒有任何語句不通順的地方，代表了河野悅子的校對無懈可擊，更是教我不甘心。這也代表我看不懂的專有名詞，她全都明白是什麼意思。我無法接受自己竟然會輸給那種徒有外表，腦袋卻空無一物的女人。

如此這般，所以我買了衣服。恰巧今天下班的時候被河野悅子叫住，說她要去百貨公司，我就跟著一起前往了。然後在她的挑選下，買了橫條紋的長袖T恤（河野悅子口中的「海軍風留白條紋針織衫」）、材質很像細網的長裙（河野悅子口中的「雙重薄紗蕾絲長裙」），還有一件薄外套（河野悅子口中的「A字形風衣」。挑選風衣的時候她還說：「風衣一定要有胸前這塊槍墊喔！最好也要有背上的擋風片，看起來不僅有型，下雨天也方便。還有，如果妳上班用的包包是側背包，要小心可能會勾到肩章上的鈕扣。背面開岔內褶裡的鈕扣要解開比較可愛，也要記得儘量解開！」但是，我完全聽不懂她在說什麼。）反正總計六件衣服，我全都打包帶走了。題外話，河野悅子在向我鉅細靡遺地說明衣服的時候，旁邊聽到的店員最後忍不住問她：「小姐，您要不要來我們店裡工作呢？」我不禁在暗地裡有些壞心眼地偷笑，但一想到如果也有人想挖角我，那會是什麼職業呢？試著想像了下，結果什麼也想不到。太不甘心了。

因為沒有勇氣突然就換上新衣進公司，週末到男朋友家的時候，我先試著穿上所謂的

「海軍風留白條紋針織衫」。不過，下半身還是套裝的長褲。

「小梨梨，妳怎麼了！」

一打開公寓玄關，男友的視線從我的臉部掃向上半身，瞪圓了眼鏡底下的小眼睛。

「……是不是不適合我？小春春，畢竟你討厭愛打扮的女生嘛。」

「怎麼會呢～小梨梨不管穿什麼或做什麼，都很可愛喔～」

小春春來回摸了摸我的頭。太好了，他今天看起來心情還不錯。最近不知道是不是因為忙碌的關係，他的情緒起伏變得很激烈，有時候還會低氣壓到讓我覺得可怕。對了，小春春的本名是綾小路公春，從我們認識到現在，稱呼方式一開始是綾小路學長，交往後變成綾小路，再來是公春，同床共枕後就變成了小春春。雖然名字很像貴族，但只是普通的平民。他就讀公立小學和國中的時候，聽說綽號都是博士。語言的力量真的很驚人。事實上，他現在的身分正是博士。如果我和他同班，又擁有發言的權力和領導能力，一定會替他把綽號取為「漫談（註4）」。那麼此刻的他說不定就會穿著紅色運動服，站在舞台上，逗得年長的女性們哈哈大笑了。

註4：漫談為日本表演藝能之一，通常為一人表演，以逗趣的方式，夾雜著嘲諷與批評講述世道。始於大正時代（1912-1926），命名者為大辻司郎。

「討厭啦，小春春真是的，小梨梨已經三天沒有洗頭了，你的手手會髒髒喔。」

「小梨梨的髒髒，小春春一點也不介意喔～快點進來吧，我可愛可愛的小梨梨～」

關上大門，輕輕擁抱彼此，嘴對嘴接吻以後，我走進房間。看見比起上週又增殖了的資料與書籍，既開心也感到寂寞。

小春春是一面在補習班當講師，一面也在大學繼續研究工作的博士後研究員。當年我會埋頭苦讀考進大學，只是為了成為文藝編輯，學問對我來說單純只是達到這個目標的手段。但是對小春春來說，學問既是目的，也是他的生存意義。資料凌亂散布的房間，訴說著小春春的靈魂有多麼神聖。和他在一起，我就覺得自己是充滿私欲的骯髒人類。

而且，對小春春一見鍾情的人是我。說得再精確一點，是愛上了他寫的論文。正在研究昭和時期知名文藝評論家的小春春，知識淵博到我都懷疑他的大腦裡頭是不是放滿了容量好幾ＴＢ的硬碟。他的滿腹詩書，在在從他論文的字裡行間中透露出……不，都滿溢出來了。

而且研究評論家的時候，也必須要了解評論家所評論的文學作品寫了什麼內容。所以，小春春閱讀了評論家評論的所有作家的所有作品，也都知道作品當時的時代背景與世界情勢。他還會和研究同時期作家和評論家的學生與研究生們，舉辦兩週一次的讀書會。我曾有一次出於好奇跟著參加，但那裡並不是我這種「只把文學當作賺錢手段的俗物」可以踏進去的世界。儼然是足以稱作學術之森的聖域。

「小梨梨，妳還特地跑來，真的很對不起。我今天大概也沒有什麼時間能陪妳。」

趁著準備論文的空檔，小春春還得準備講師的工作，所以即使到了週末，也經常是無法外出的狀態。

「不會，沒關係啦。因為小梨梨只要看著小春春就覺得很幸福了。」

「謝謝妳，小梨梨。妳現在負責的書是什麼？」

「從小一起長大的三個高中男生在退休刑警的協助下，為街坊鄰居解開謎題的推理小說系列第三集。」

我一說完，小春春就露出了感到扼腕的表情，用鼻子哼笑著發出了不知道是「哈」還是「呼」的聲音。看見他的表情，我心裡有些難過。

非常喜歡澀澤又老穿IRON MAIDEN牌衣服的朋友也熱愛音樂，學生時期，我在她的強迫下也跟著聽了不少歌。其中有一首歌最讓我印象深刻。是歌手藍尼·克羅維茲（Lenny Kravitz）唱著「搖滾已死」的歌曲。雖然我聽不出來他寫的歌是不是搖滾樂，但小春春說過一樣的話——文學已死。

——現在這個時代的作家，一百年後沒有半個人會記得他們吧。

在我們開始交往前，小春春就說過「文學已死」，接著說了上面這句話。

——嗯，一般人通常在活到一百歲之前就死掉了嘛。

——不，有些名作就算作者死了，還是能流傳後世。藤岩學妹，妳也看過《源氏物語》和森鷗外吧？而且深受感動吧？但是，現在的文學卻不會。事實上什麼也不會留下來。不會留在人的心裡，也不會留在人的記憶裡。

是嗎？當時我偏頭存疑，但對於小春春接下來說的話，卻不得不點頭贊同。

——例如藤岩學妹喜歡的大眾作家真理惠大師，在她目前出版的著作中，有幾本已經絕版了？

——……已出版的三十六本作品裡頭，二十二本已經絕版了……

——妳覺得一百年後還會有人把這些書挖出來，重新出版嗎？

——……真要說的話，我傾向於一百年後地球會毀滅。

——末世論者嗎？這樣子不太好呢。我們又不是千禧王國的居民。

——什麼意思？

——各個宗教都有過相同的言論，但引用基督教基本教義派對《啟示錄》的解釋，應該是最簡單明瞭的吧，也是保守派和時代論主義者最愛的思想。一言以蔽之，就是這個世界終將滅亡。但是，人類只要一想到這件事，就會心生恐懼，或是對一切都感到倦怠無力。文學中也有很多以末世論為根基的作品，但作家他們擁有把這種思想昇華成藝術的能力。可是，我們只是平凡的人類，擁有末世思想並不是一件好事。活在現在的我們，必須放眼未來，不該著眼於世界的滅亡，然後想辦法將優秀的藝術流傳下去。這就是活在現在的我們的使命。

明明在研究日本文學的評論家，居然連基督教也這麼了解！結果我沉醉在小春春的淵博學識裡頭，那時候沒能仔細問他，為什麼會覺得「文學已死」。

留下能夠流傳後世的文學——這種念頭當然也一直存在於我心裡。我也能夠理解為什麼那些名作，能夠被人們傳閱百年甚至千年。然而，我是小春春口中的「只把文學當作賺錢手段的俗物」，也就是在出版社上班的編輯。可是，俗物只能把文學當作商品賣錢。因為若不這麼做，活在現在的作家就會活活餓死。

小春春為了講課做著準備，我也在旁邊幫忙。忽然間，我發現桌上擺著一個可愛的小盒子。

「小春春，這是什麼？」

我一問，小春春的表情像在生氣地回答：「巧克力。」這麼說來，十四號正是情人節，也是甜點業界一年一度的商業大戰。

「咦？這是誰給你的？不對，小春春，你會收這種東西嗎！」

「……因為小梨梨每年都不送我嘛。」

小春春令人始料未及的冷漠答案讓我感到天旋地轉。什麼啊，這是什麼意思嘛！

隔週某天下班後，我莫名其妙地被邀請到了河野悅子家。當然不只有我，還有女性雜誌編輯部的森尾登代子、櫃台服務員今井和米岡先生也來了。我在心裡打著如意算盤，一定要親眼瞧瞧河野悅子究竟住在多麼令人倒盡胃口的時髦房子裡，結果卻是一棟又破又舊、感覺隨時都要倒塌的迷你透天厝，讓人懷疑搞不好比我出生的老家還要破爛。到底要擺出什麼樣的表情表現我的驚訝才好，真是教我苦惱。甚至一走進屋子，所到之處地板都往下凹陷。這棟房子真的能住人嗎？

「……這裡是妳的老家嗎？」

「不是，用租的。因為房租比租一般的公寓便宜嘛。」

河野悅子灑脫不羈地說，沒有表現出半點難為情的樣子，讓我內心湧起了親切感，雖然又很不甘心。緊接著走進屋裡的今井在背後發出尖叫：

「我的天，玄關好窄！根本沒辦法脫鞋子嘛！」

「妳自己要跑來別人家，不准抱怨！旁邊有傳單吧？把傳單鋪在地板上，隨便找地方放鞋子吧！」

「悅子，妳鞋子也太多了吧？整理一下啦。」

「上面的櫃子已經塞滿啦～」

「妳到底有幾雙鞋啊？」

「大概一百五十雙左右吧？」

「妳是蜈蚣嗎！不對，連蜈蚣也穿不了這麼多！」

其餘三人吵吵鬧鬧地走進來，逕自往餐桌旁邊的椅子坐下。河野悅子根本沒有時間歇歇腳，就嘆著氣在緊鄰的廚房把一整盒的雞蛋和水丟進鍋子裡，然後打開瓦斯爐，再把也倒了水和高湯包的大鍋子放在另一個瓦斯爐上點火。

「好有昭和風情的地方喔！這麼老舊又狹窄的房子，我以前只在早晨連續劇裡看過呢！」

今井對河野悅子住處的感想貼切到了我忍不住失笑。

四十分鐘後，煮了黑輪的大鍋子移上餐桌。期間，誰也沒有幫河野悅子的忙，女孩子（包括像女孩子的人）們一直興奮地吱吱喳喳聊天。總覺得從出生到現在，這還是我頭一次參與很有女孩子家氣息的事情。這就是人們口中的女生聚會嗎？當然，我以前並沒有受到霸凌，每個時期也都會交到女生朋友。但是，那些朋友都是在女生族群中，和我屬於同一層金字塔等級的人。現在這群人如果以學歷來分級，最頂端的人就是我。但是，如果用女生族群來分級，我就變成了墊底。這點自覺我還有。

為了慶祝河野悅子在第一次約會後還有第二次約會，以此為名義，大家各自拿著啤酒乾杯，聽著河野悅子分享與對方認識的契機。中途，河野悅子在附近房仲公司上班的朋友也加入我們，狹窄的房間又變得更擁擠了。

「悅子，結果妳穿什麼去約會？」

「ALEXIS MABILLE的連身裙。」

「真積極耶！」

「但下個月付完卡費我可能就要餓死啦！」

「那對方穿了什麼？」

「看起來應該是Ann Demeulemeester吧？不然就是Martin Margiela或者是Dries Van Noten？安特衛普六君子（註5）我沒有太深入研究，所以分不出差別呢。」

對話中時不時夾雜著很像咒語的單字，除了我和房仲業者以外，大家都聽得懂，讓我感覺到自己與他們之間果然還是存有一堵高牆。但我從來沒有想過要去他們那一邊。因為對我來說，打扮是種罪過。然而前些天鼓起勇氣，穿上河野悅子為我挑選的衣服去公司以後，卻受到了廣大的好評。

——藤岩小姐，妳還這麼年輕，應該再多打扮自己一點呀。這樣子很可愛喔。

連碰了面談事情的年長女作家也對我這麼說。明明不管工作也好，生活也罷，反正衣服能穿就夠了，為什麼人類都追逐著外表的光鮮亮麗呢？

喝光的空啤酒罐越來越多，最先倒下的人是河野悅子。接著倒下的是疲憊憔悴的米岡先生。除了河野悅子和米岡先生，我和其他人都沒有聊過天，所以感到如坐針氈，但櫃台服務員今井卻一臉興致勃勃地向我搭話：

「嗳嗳，藤岩小姐的男朋友是什麼樣的人？你們平常都聊什麼？」

「我也很好奇。像藤岩小姐這樣的人，會和什麼樣的男人交往呢？」

我不知所措，但還是說出了和小春春認識的經過、現在的交往模式，還坦白說了「兩、三年後我會成為準教授」這種話確實太狂妄了（但是，他的論文真的寫得很棒）。說著說著，也順勢說出了他在情人節當天收到了別人送的巧克力，還對我說「我都不送給他」。

「這什麼啊，笑死我了！那男人以為藤岩小姐是會買巧克力的女人嗎！」

森尾大概喝醉了吧。一般這種時候如果是「女性朋友」，應該會和我一起生氣，但她畢竟不算是我的朋友，所以一邊說著一邊還捧腹大笑。

「我也會吃巧克力好嗎？」

「不，可是，我和時可姊在聊巧克力的時候，貞操褲感覺超不屑的耶。還說什麼這明明只是點心製造商的銷售策略，非常瞧不起我們吧？」

註5：安特衛普六君子（The Antwerp Six）指1980年代在歐洲時尚界崛起的比利時設計師總稱，第一代共有六人，因皆畢業於比利時的安特衛普皇家藝術學院而得名。

當著面被叫貞操褲了。如果我不知道河野悅子私底下的綽號，現在會是什麼反應呢？

「可是實際上，乾脆傻傻地被那些行銷策略蒙騙，我現在也不會這麼心煩了吧？」

「也是啦，因為這種互動可以成為男女關係的潤滑劑啊。就算妳覺得這很無聊，但這世上沒有男人收到巧克力還會不高興。可是，那男人給人的感覺真差耶。和那種瞧不起自己工作的男人在一起，妳覺得開心嗎？」

森尾這番話刺在了我已經產生了些許裂痕的心湖上。裂痕好像又裂得更開了。

「……那樣是在瞧不起我嗎？」

「藤岩小姐很認真在工作賺錢，這樣子明明就很了不起啊。雖然不應該用時尚雜誌的基準來舉例，但在我們這裡，銷售額和廣告費就是一切。要怎麼樣讓讀者掏出錢來，就是我們的目標。我們就是用這種方式在為日本經濟做出貢獻。能讓錢滾出越多錢的人越偉大。所以，那妳男朋友呢？」

「我想他應該沒有為日本經濟做出貢獻，有貢獻的是日本的文化。我很尊敬他這樣的生活方式。」

「哼……是喔，那這樣也很好啊。」

「……妳不反駁嗎？」

「不會啊。對在戀愛中盲目的女人，不管說什麼都沒有意義嘛。只不過，我絕對不會和那種男人交往。今井，妳應該也不會吧？」

今井始終在旁邊安靜聽著，正要開口的時候，耳邊突然響起了某種東西裂開的聲音和淒厲的慘叫。房仲業者在我旁邊忽然站起來，一腳踩破了某塊特別凹陷的地板。

我一直自豪自己是屬於不容易被他人左右意見的類型。但是，結果我發現，這份自豪要在四周的人都和我是同一種人的條件下才會成立。過了週末來到星期一，森尾說的那些話還是在我腦海裡揮之不去，盤踞在心頭的不快感也慢慢擴張。連我也搞不清楚這種不快的感覺，究竟是因為上週末見不到小春春，還是因為森尾踩到了我的痛處，還是因為自己居然因為森尾說的話產生了些許動搖。甚至在討論裝訂的時候，設計師都忍不住中途關心我：「您沒事吧？」不行，必須振作起來。

走出事務所，深吸一口氣。時序還是二月，但今早氣象預報說過，今天會溫暖得彷彿來到四月上旬。這天，我再度穿上了河野悅子替我挑選的一整套服裝。蘊含著春天氣息的徐風吹過裙襬，看到裙子被風吹得翩翩起舞，心情也不由自主高興起來，果然我也是女孩子呢。走在路上的行人暫時擺脫了陰鬱的寒冬，但有一半的人都戴著口罩。幸好我沒有花粉症。對他們來說，深呼吸無疑是自殺行為吧。

為了解決校樣裡提出的疑問，我順路前往離設計事務所十五分鐘路程的母校。接下來負責的連載作品，是以江戶時代的薩摩藩和長州藩為主題，所以我向研究這方面歷史的教授事先約好了時間，預計下午三點直接前往研究室拜訪。但想不到和設計師的討論很快就結束了，結果我早到了三十分鐘。我猶豫著不知道要在學生餐廳看校樣，還是臨時突擊小春春所在的研究室，最後因為太久沒回母校，決定在校園裡走走。

從赤門走進校內，經過綜合圖書館，往安田講堂前進。我發現打扮得時髦漂亮的女學生好像變多了，但也可能只是因為我在學時期一心只顧讀書，當年完全沒有注意到而已。理科學生有不少人都披著顏色已經稱不上白袍的白袍，讓人禁不住想問：「你到底幾個月沒洗了？」至於看來是文科的學生，多的是打扮得和河野悅子一樣的女生。一對看似是情侶的男女坐在安田講堂後頭的長椅上，臉貼著臉，低頭在看同一本書。女方也穿著有很多荷葉邊和蕾絲等多餘布料，但同時又露出了很多肌膚的可愛服裝。上半邊胸部全跑出來見人了。都不冷嗎？相較之下，和她偎在一起的男生卻顯得很不起眼。真不知道女生這麼用心打扮是為了誰呢——我這麼心想著走過兩人前面，卻走到一半就無法繼續邁開腳步，重新端詳男方。

「……咦？小春春？」

聽到我的聲音，那對男女抬起頭來。緊接著男方慌慌張張地與身邊的女生拉開距離。看起來很不起眼的男生，如假包換正是我的男朋友。

「小梨梨，妳怎麼穿成這樣？怎麼會在這裡？」

小春春站起來，用我未曾見過的僵硬表情問。

「我來找加藤教授。」

說到這裡，我就接不下去了。因為旁邊的女生開口說話了。

「咦？她是綾小路學長的女朋友嗎？」

小春春來回看了幾遍我和那名女生後，認命似地點點頭。

「咦？學長，你不是說你女朋友又土氣又正經還是飛機場嗎？咦？根本一點也不土氣啊。」

「……」

雖然全部都是事實。雖然說的完全沒有錯，但是，小春春，身為一個人，用這些詞彙向別人形容自己的女朋友好像不太對吧？

後來在教授研究室的時候，小春春打了好幾通電話給我。但是，我全部予以無視。因為我不知道這種時候該擺出什麼表情才好。不對，是不知道該採取什麼行動。

小春春身邊的女生說完「我接下來還要上課，就先走了」，便向我輕輕點頭，離開現場。由此可知她不是外校的學生。對於她居然把女生間的金字塔等級帶進東大神聖的校園裡，還一點也不引以為恥，我就怒火中燒。更重要的是乳暈大約是我的五倍。飛機場這種比喻也太過分了。我的確是洗衣板，但明明是小春春自己說過，胸部有就好了。

拖著恍若千斤重的心靈與身體，六點半過後回到公司，正好看見今井一個人從出入口走出來。

「啊！藤岩小姐，辛苦了～妳身上的衣服是河野小姐選的吧？很適合妳喔～」

一看見我，她就露出了花兒般可愛的笑靨說，彷彿有一道光一路照到了內心深處。啊啊，可愛的程度真不是一般人可以比擬。那種「大叔想和可愛的年輕小姑娘一起吃頓飯」的心情，現在的我可以痛切體會。懷抱著與中年大叔無異的心情，我不由自主一把摟住她的手臂。

「今井小姐、今井小姐，給我二十分鐘就好，拜託妳聽我說！」

今井愣了一秒，全身僵硬不動，旋即摸著我的背問道：「發生什麼事了？」

當晚由今井口中說出的最經典名言，我認為是這一句：「胸部擠就有了。」對於在輕飄飄可愛系女孩子間蔓延的「可愛可以假裝」這種說法，我一直覺得是騙人的，根本是胡說八道。但是，聽完今井說明：「假設胸部這一圈是山手線～再請妳想像一下早上上班搭乘的電車路線吧！然後從埼京線和中央線和京葉線這邊，還有位置已經遠到了取手和奧多摩和南房總那邊，把肥肉統統都撥過來，塞進內衣裡頭，這樣子至少就可以增加兩個罩杯喔～」我卻莫名地心服口服。可是，取手又不是埼京線，奧多摩也不是中央線，南房總是內房線吧？

「但是話又說回來，藤岩小姐，那個男人這樣子好嗎？你們打算要結婚吧？不再好好教育他一下嗎？」

在今井說她很喜歡的可愛法式小餐館裡，她一邊說著一邊豪邁地切開羊肉。

「……妳不會勸我分手呢。」

「嗯。因為我男朋友也是喜歡拈花惹草的類型啊～他最喜歡女大學生了，所以這點我已經放棄了，而且他又是義大利人。」

「……啊？」

「所以，既然對方還願意打電話給妳，就好好談談吧。他搞不好只是一時間鬼迷心竅嘛。再說了，像藤岩小姐這類型的女生，我覺得妳如果錯過現在這個男人，可能一輩子都結不了婚呢。」

「妳好像無意之間對我說了非常失禮的話喔。等等，義大利人？那你們用哪一國語言交談？」

「義大利語呀。奇怪了，之前沒和妳說過嗎？」

雖然很失禮，但感覺就是直接從偏差值低的女大學生進階成粉領族的她，我完全沒想過她會說日語以外的語言。

「我的聽力好像從小就很好，三歲到十歲的時候都住在英國，聽說不到一個月就會說英語了呢。我爸爸覺得有趣，就讓我學了各種語言，所以我現在會講義大利文、廣東話和西班牙文，雖然都只有小學生的程度啦。而且也不懂文法，也不知道怎麼拼音，所以沒有辦法寫出來。還有，因為我上的不是日本人學校，是直接在當地的學校上課，所以我現在還是不太會唸漢字，也不太知道敬語怎麼用呢～」

今井坦承的經歷太過出人意表，我好半天說不出話來。

「……既然妳這麼有能力，不應該當什麼櫃台服務員，大可以當翻譯啊。」

「這又不是什麼能力，我只是會簡單說幾句而已。而且我討厭工作，也討厭被人呼來喚去。雖然妳說不應該當什麼櫃台服務員，但待在櫃台其實很好玩喔，也可以見到各式各樣的人。」

驚覺自己說的話帶有職業歧視，我不禁倒吸口氣。但是，今井似乎不以為意，仔細地咀嚼最後一片羊肉吞下肚，接著感慨甚深地說：

「不過，真想不到會有和貞操褲這樣聊天的一天。人生真是難以預料呢～」

「噯，妳說的貞操褲，到底是什麼意思？」

回想起了之前與河野悅子的對話，我趁著這個機會發問。

「啊，死了。居然在本人面前說出來了。」

「之前妳就常常這樣叫我吧？因為不知道是什麼意思，讓我耿耿於懷。」

「就是字面上的意思啊，感覺藤岩小姐好像會穿鋼鐵製的內褲。記得有個國家會讓年輕的女孩子穿上鋼鐵製的內褲，守住她們的貞潔吧？」

「所以是貞操帶的意思啊……果然跟河野小姐完全相反。」

我嘆氣說完，今井就雙眼圓睜。

「咦？妳是說時可姊嗎？妳們兩個人的綽號明明就半斤八兩吧？」

「她的『時可』是指時尚又可愛吧？跟鋼鐵內褲簡直是天壤之別啊。」

我心裡很不服氣，但今井卻放聲哈哈大笑起來。

「根本不是那個意思啦～河野小姐的『時可』，意思是『就算打扮得再時髦也可憐沒人愛』～因為她隸屬的校對部，可是社內最樸素最不起眼的地方耶？可是她居然還每天都打扮得那麼用心！笑死人了～」

聽著今井爽朗的笑聲，我啞口無言，卻也不由自主跟著笑了。河野悅子的處境反而比我還要悲慘嘛。活該吧妳看看妳！

隔天的午休時間，我打了電話給小春春。聽到他應答時沒好氣的嗓音，我強忍下想要對他怒吼的衝動，約好下班後在他家見面。

馬不停蹄地處理雜務，又加了兩小時的班，在晚上快要九點的時候終於抵達小春春家。

走進熟悉房間的同時我不禁心想：我們上一次在外面約會，是什麼時候的事了呢？

「妳昨天為什麼不接我電話？」

在亂七八糟的房間裡，一隔著暖爐桌面對面坐下，小春春就厲聲質問我。

「因為我在工作。而且比起這件事，小春春應該有話要對我說吧？」

「如果妳是指那個女生，她只是學妹而已。妳不要做些無謂的想像。」

「在我不在場的時候告訴別人我是飛機場，這種行為不太好吧？我也知道自己土氣又正經，所以這部分我還可以忍受，可是你居然沒有經過本人的允許，就把別人身體上的缺陷，而且還是只有情侶間才會知道的事情告訴別人，我覺得這樣子很不應該。」

「呃，但這是一般人看了就能知道的事實吧。」

「這又不是重點！」

這還是我第一次在小春春面前這麼大聲說話。他嚇了一跳，然後露出哀傷的表情看著我說：

「小梨梨，妳變了。」

變的人是你！我按捺下想要這麼反駁的衝動，等著他繼續說下去。

「以前的小梨梨明明乖巧又可愛，為什麼妳會變成現在這個樣子呢？」

我聽了不禁緊握拳頭，把滾到嘴邊的話硬是吞回去。

去河野悅子家那天，房仲業者踩破了地板以後，她和今井就睡著了，結果我和森尾一直聊天聊到了天亮。她說她在小學五年級的時候交到第一任男朋友，後來就一直沒有空窗期，過著始終有男朋友的人生，但就在踏進社會的第一年，和上一任男朋友分手了，此後到現在一直是單身。她說分手的理由，是「因為男人討厭獨立自主的女人」。

——看到我假日的時候還在工作，他就會露出非常受不了的表情喔。明明被委派了大型的企劃案，我一定要讓企劃案成功，他卻一直在旁邊不停地扯我後腿。我們是同所大學畢業的，但他沒有和一般人一樣去公司上班，而是和朋友一起開了活動企劃公司，結果卻經營得不太順利。相較之下，我有著穩定的工作，每個月也都會固定領薪水，自己的工作又能以有形的形體呈現在這世上，所以他可能覺得不是滋味吧。但是，如果會妨礙到我，這種男人不如不要，最後也就分手了。只不過持續一年以上都沒有男朋友好像真的不太妙，所以我最近也很著急呢～

當下我不明白她這些話的意思，但此刻明白了。真不可思議，現在的我，也許正和入社第一年時的森尾處在相同的情況下。

森尾毅然決然地斬斷了情絲。但是，我喜歡小春春。綜觀現在的日本，大概沒有人能寫出比他更美麗的論文了。而且，這四年來我們一起創造的回憶太過神聖，加上今井說的沒有錯，要是錯過這個男人，我恐怕一輩子也無法結婚。我根本無法一刀兩斷。

「……小春春，給我看你現在寫的論文。」

「為什麼？妳要校對嗎？」

「不是，而且這也不是編輯負責的工作。我想看，給我看吧。」

小春春一臉納悶，但還是當場把檔案從電腦轉到平板電腦上，然後遞給我。

目光掃過論文，文章就在冰冷又平坦的螢幕上躍動起來。過去的文豪們在他腦海裡包羅萬象的知識中假寐，因為他寫下的文字重新甦醒，栩栩如生地恢復了自我的意識。小春春研究的評論家所寫的文章，在無數同為評論家的人當中又特別晦澀難懂，但他卻將評論家腦海中宛如無止盡的迷宮般，錯綜複雜的邏輯都整理得一清二楚、有條不紊。好讓日後造訪這片龐雜迷宮的人們不會迷路。

「……小春春，你好厲害喔。」

花了三十分鐘看完三分之一，我情不自禁出聲低喃。

「真的嗎？」

「嗯，小春春真的好厲害，這麼美麗的論文，果然只有小春春寫得出來。」

我從平板電腦上抬起頭，就看見小春春摀著臉龐。還以為他哭了，但並沒有。不過，看起來像是強忍著眼淚。

「……小梨梨上次稱讚我『好厲害』，已經是八個月前的事了。」

「是嗎？咦，你一直在計算嗎？」

「對啊，因為我一直很不安嘛。」

「……對不起。」

也不明白自己為什麼要道歉，對不起三個字就先脫口而出。

小春春把摀著臉的手放下來，眼鏡上沾到了指紋。髒兮兮鏡片底下的小眼睛就和小狗一樣圓滾滾的，啊啊，我果然還是喜歡他。

「小梨梨，妳進入公司以後，就好像不再是我認識的那個小梨梨了。」

「小梨梨還是小梨梨喔？」

「可是，妳不是去了我無論多麼努力都沒辦法帶妳去的高級餐廳嗎？還去參加了我無論多麼努力都住不起的飯店裡舉辦的派對。一開始妳還會說『我這種人真的可以去嗎』，漸漸地卻開始習以為常，還一臉理所當然地說『我真是受夠了，好想在銀座以外的地方吃飯』。我覺得這樣子的小梨梨好像離自己越來越遠了。」

「……」

小春春說的確實沒錯。我在腦海中整理了他想表達的意思，然後問道：

「所以，你才會被自己身邊看起來一點也不正經，打扮時髦胸部又大的女孩子迷住嗎？」

過了五秒之後，小春春點了下頭。

「開什麼玩笑！」

比起嚇得肩膀一縮的小春春，其實發出大吼的自己更讓我吃驚。

「我是在工作耶！在出版社上班，每天的工作就是要應付那些作家！我從來沒想過想讓小春春帶我到高級的餐廳吃飯，也沒有想過想和小春春一起住進那種會舉辦派對的高級飯店！只要能和小春春在一起，我就很幸福了。只要小春春繼續寫論文，我就心滿意足了。不要自己覺得我離你越來越遠，這只是小春春的妄想而已吧！而且告訴你，胸部其實擠就有了！搞不好那女生的胸部也是假的啊！」

我滔滔不絕地迸出了長長一串，小春春也立刻反擊：

「在我看來，妳的工作本身就低俗得讓人難以忍受！害文學淪落到現在這種地步的就是出版社！一想到小梨梨成了他們的幫兇，我就無法原──」

「你以為這世上所有人都想看那種窺看深淵，再被深淵反看回來，得和怪物永無止盡戰鬥的劇情嗎！連傳統藝能的歌舞伎和能劇，原本就是大眾的娛樂了！古典音樂也是因為宮廷的沙龍聚會才會被創造出來！說不定一百年後三代目魚武濱田成夫（註6）和尼采的地位也會並駕其驅，所以你不要再一味否定我的工作了！快點認清現實，接受小春春和我都在不一樣的領域裡各自從事著有意義的工作啦！」

「三代目魚武濱田成夫和尼采的領域根本不一樣！」

「我知道，我故意的！」

你一言我一語就這麼持續了三十分鐘以上。交往超過四年，像這樣和小春春吵架起口角，你來我往地爭辯不休還是頭一次。

「咦？結果你們還是繼續交往嗎？」

兩天後，為了買午餐走進電梯，湊巧森尾也在，她就邀了我一起去烏龍麵店，順便問我和小春春發生了什麼事。據實以告之後，森尾用力皺起臉。

「是啊。因為想說的話都說了，也摸索出了彼此可以妥協的共識。」

「是喔……早知道那個時候，我也為他加油就好了呢。可是，當時實在沒有多餘的心力呢～」

森尾喝著飯後的茶，雙眼遙望遠方。

所有人都想從事正向美好的工作。無論能不能流傳後世，都想在最好的狀態下把此刻眼

註6：三代目魚武濱田成夫1963年出生，日本詩人。尼采（Friedrich Wilhelm Nietzsche，1844-1900）為德國著名哲學家。

前的東西呈現給世人。如果那樣東西偶然地在這世上流傳了很久，說不定一百年後，也會有小春春這樣子的人加以研究，點亮智慧的光芒。

不只小說，森尾所屬的時尚雜誌也是，之於我這種毫無時尚品味的人，就成了重要的教科書。雖然我現在還是不明白河野悅子為什麼對時尚雜誌那麼執著，但如果她真的能夠調到自己希望的部門，肯定也能成為和我一樣的某個人的指標吧。

害怕我會改變、到遠方去的小春春，對於服裝倒是好像真的漠不關心。「結果小春春果然也喜歡那種輕飄飄很有女人味的衣服嘛！」一聽到我這麼說，他卻說自己根本記不得那個露出半邊胸部的女孩子身上穿了什麼衣服。

——那你居然還敢嫌棄我土氣！

——土不土氣至少我還看得出來，因為真的很土嘛！可是，小梨梨就算土氣還是很可愛啊！

於是乎，被說土氣激發了我的鬥志，昨天就自己一個人跑去百貨公司買了新衣服。今天更穿在了身上。分別是嫩草色的圓領針織罩衫，以及名字叫作寬褲的中長深灰色褲裙（我分不出來差別）。

「咦～藤岩小姐，身上的衣服是妳自己選的嗎？」

背後傳來聲音。一轉過頭，河野悅子和米岡先生正累得像灘爛泥似地往這邊走來。

「你們太晚吃了吧？午休時間都快要結束了。」

「嗯。因為突然接到了職務以外的工作，剛才好不容易才結束了呢。那件針織罩衫的顏色很好看喔，款式也很漂亮。」

米岡先生笑容可掬地說，讓我非常開心，但是——

「噯，可是鞋子太失敗了。針織罩衫應該要配平底鞋和遮到腳踝的襪子才對啊。」

一聽到河野悅子這麼說，高興的心情瞬間轉為火大。

「我才沒有那麼多錢可以買整套！和所有薪水都花在衣服上的妳不一樣，我還要用薪水還助學貸款！」

「啊，是喔～吃完了就快把位子空出來吧，店裡沒有位子了啦。」

河野悅子真是太容易惹人生氣了。森尾笑著起身，對兩人說了聲「辛苦啦～」拉起我的手臂。

走出店門前我回頭瞥了一眼，只見河野悅子正一副宛如瀕死小爪水獺的模樣，掌心托著臉頰，大概是睡著了吧。明明對這份工作沒有興趣，卻盡責到了把自己搞得那麼憔悴，她的認真教我佩服。所以，雖然火大，而且是非常火大，但我還是願意稍微為她祈禱，希望她有朝一日能夠和我一樣，到達自己想要前往的所在。

第四話

校對女王身邊的上班族・貝塚

悅子的研習筆記 其之十

【**紅字**】用紅筆訂正明顯的錯誤，和必須修改不可的地方。也叫紅筆字。因為直接寫作「紅」感覺不太吉利，有時候會寫成「朱字」或「朱筆字」。

【**鉛筆**】雖然不是明顯的錯誤，但有疑問或建議的時候，就用鉛筆寫下來，再請作者和編輯確認。也叫作鉛筆提問。

【**擦除**】在把紙本校樣送給作者之前，編輯要用橡皮擦擦去校對中不必要的鉛筆字。（本來是要有這項作業的喔！死貝塚！）

鐵板燒店的鐵板的鐵，以質量相同的鐵來說，在鐵界當中是全日本最會賺錢的鐵吧。「鐵」字還真多。不過，腦袋開始變鈍，無法分析該剔除掉哪一處的「鐵」字比較好。況且在現今這個時代說到「鐵界」，別人還可能會誤以為是「鐵道宅業界」。該換成什麼說法才好呢？單看「鐵板燒店」這個單字，搞不好關西地方的人都會以為是大阪燒店。不對。在出版業界的文藝圈裡，「鐵板燒店」的鐵板上通常都煎著菲力或者沙朗牛排，再不然就是龍蝦或鮑魚。不知道為什麼，還會炒附贈的豆芽菜。站在鐵板的立場，說不定它心裡頭會想：「為什麼在煎了這麼貴的肉以後，居然要炒豆芽菜！」一百公克的菲力大約要一萬五千日圓。豆芽菜一袋三十日圓。這種差距是怎麼回事？

鐵——咱可是拚了命地在煎那些身價昂貴的肉大爺們！不是你這種隨處可見的豆芽菜可以隨便放上來的地方，還不快給咱滾回去！

豆——啊！鐵板先生，真是非常對不起！啊啊啊，好燙，住手，請饒了小的吧！

——你這蠢貨！不要這麼快就開始出水！全部都變得軟趴趴了吧！

——因為鐵板先生太燙了嘛……水分自己就會跑出來啊……

——所以咱不是說了嗎！這裡不是你這種又瘦又長的蔬菜可以隨便跑上來的地方！師

傅！快把豆芽菜移到盤子上去！

——鐵板先生……小的這種廉價的豆芽菜，竟然能勞煩您為小的炒上短短的時間，小的真是幸福……永別了……

我——豆、豆芽菜——！

「貝塚，你不吃香菇的話，可以給我嗎？」

「啊！好，請自便。」

坐在我隔壁的明壇社的編輯浦部昌美，用筷子前端從我的盤子上夾走了有著圓弧外形的香菇。一個新的四方形盤子在鐵板附近放下，上頭盛裝著不斷冒起熱氣的炒豆芽菜。豆芽菜……你居然變成了這副德行……

出版業界的文藝圈裡，有所謂「等待會」這種活動。詳細情形如果已經看過《校對女王》第一集的第二話，想必已經了解，所以我就不多說了。總之，我個人非常討厭這項活動。但當然自己負責的作家獲獎時，那種喜悅就宛如置身天堂。但是萬一落選了，事後還得安撫作家受傷的心靈，說有多麻煩就有多麻煩，難以筆墨道盡。

通常長期出版文藝作品的老牌出版社，每位作家都會配有三名編輯，分別負責雜誌、單行本和文庫本的書稿。但是，像景凡社這種「在文藝界還是新手」的出版社，大多數都是由一名編輯負責三種版本的籌劃。作家落選以後，如果有人自暴自棄失去控制、變得消極萎靡、灌酒灌到吐又醉得不省人事，讓人不禁心想這位大師，您到底把人類的尊嚴丟去哪裡了呢？這種時候大型出版社的三名編輯就可以一邊苦笑，一邊一起分擔照顧作家的工作。但是，景凡社的編輯就只有我一個。大師，我笑不出來啊。

今天是由冬蟲夏草社主辦的五十六獎選拔會。歷經了激烈的評比討論，選拔會一直持續到了晚間十點半。這次獲得提名的入圍作家共有六人，其中一位是我負責的作家。但獲得提名的作品並不是景凡社，而是由燐朝社出版的。只不過依照慣例，即便不是自家出版社的作品，作家的責任編輯都要參加等待會。從傍晚五點開始的五個半小時，氣氛非比尋常，一群人就在燐朝社在飯店裡預約的鐵板燒餐廳的大包廂裡，一面等待一面聊著空洞不知所云的話題。就在等得心浮氣躁的時候，冬蟲夏草社的負責人打電話來了。是落選通知。現場的空氣為之凝結。

嗚呼，這一夜的地獄要開始了——

我現在到底在幹嘛呢？這幾年來，開始會冷不防湧現這種念頭。今年二十八，明年就二十九歲了。不是在傳播業，而是在製造、流通和零售業等行業上班的朋友們，到了這個年紀，職稱上都開始有些稱頭的頭銜了。

一大早七點半，終於回到了自家所在的公寓。像蛻皮的蛇一樣，脫掉變得皺巴巴的西裝、襯衫和襪子沿路隨手亂扔，走向盥洗室，簡單地沖了澡。至少可以再睡兩小時吧。

這次落選的宮元彩子，已經是第四次獲得五十六獎的提名。出道至今二十六個年頭，現年已經四十九歲。原本一直負責她的資深男編輯因為把公司的經費都花在自己的情婦（銀座女公關）身上，而非作家身上，結果被社長發現——雖然這種事在景凡社其實是家常便飯——但這一次因為前前後後總金額相加後超過四千萬日圓，再也不能坐視不管，所以被調到了關係企業去，最後由我負責接手。擔任責編至今已經兩年了，累積的原稿還沒有多到可以出版成單行本。

宮元的出道出版社是明壇社。

——要是你們一開始就好好用心栽培我，現在我早該拿到五十六獎了！

從鐵板燒餐廳移動到ＫＴＶ的大包廂，以負責單行本的浦部昌美為首，明壇社的責任編輯們全都不得不伏首下跪。其他出版社的編輯們則竭盡所能與牆壁同化，低垂著頭不讓眼神與宮元對上。

——土田！妳居然還敢嬉皮笑臉！

我感覺到我身旁，燐朝社負責單行本的土田市子繃緊了全身。她是負責製作這次入圍作品的責任編輯。

——這一切全都是妳的錯！我不是說過這次一定要讓我得獎嗎！妳應該有向那群擔任評

審的臭老頭磕頭下跪過吧！

——……

——沒有嗎？喂，妳心裡面是不是瞧不起我？我要是得了五十六獎，也算是妳的功勞喔！為了我，和那群糟老頭上床又算得了什麼，把功勞搶回來，讓我看看妳的決心啊！反正像妳這種愚蠢的年輕女人也只有這點能耐而已！

土田市子緊咬著嘴唇，纖瘦的肩膀頻頻顫抖。接著她用力閉上眼睛，往前走了幾步後跪下來，額頭緊貼在地板上。

——真是非常對不起！沒能為宮元老師貢獻一己之力，真的真的非常抱歉！一切都是我力有未逮，真的非常對不起！

另外兩位編輯也跟隨她的腳步，跪在地上磕頭。這幕光景簡直是人間煉獄——我這麼心想的同時，怒吼聲再度飛來。

——還有你！你也是、你也是！你們不要在旁邊擺出事不關己的表情喔！反正你們一定在心裡面嘲笑我，說我是過了這麼多年連五十六獎都拿不到的悲慘中年老女人！私底下很瞧不起我吧！也不想想是誰害我變成了這種悲慘的中年老女人！這一切一樣都是你們的錯！去死！去死去死現在馬上給我去死！不想死就給我下跪道歉！

這是瑜珈，是瑜珈裡面的一個動作，對於健康非常有效——我這樣說服自己，效仿其他編輯，也跟著在後面跪地低頭。要是店員剛好在這時候走進來，搞不好會誤以為現在是伊斯蘭教徒的祈禱時間。之後的下跪兼說教（痛罵）時間長達了兩小時之久。我倒沒有因為屈辱而咬緊牙關，反倒是腳麻得想哭。更何況屈辱這種新人菜鳥才會有的感覺，我早就已經沒有了。只是一味盯著地板，等著更年期女人的歇斯底里發作完畢。

我到底在幹嘛呢——

沖完澡，看著盥洗室鏡子裡消瘦到兩頰都凹陷下去的臉龐，發出已經不知道是第幾次的嘆息。

「咦？燐朝社的土田市子已經過三十五歲了吧？搞不好還四十了，這樣算年輕嗎？都已經是老太婆了吧。」

正午過後在吸菸區，比我資深的前輩編輯濱野這麼說了。他頂著和我一樣難看又憔悴的臉色進到公司，昨天也參加了另一名落選作家的等待會，是酒品和好女色的程度都糟糕到出了名的王寺伸治。互相報告了昨晚人間煉獄的慘狀後，他就回了我以上這段話。明明都三十二歲了，長得還算一表人才，結果重點放在這裡嗎？

「雖然年紀不輕了，但土田小姐屬於受男人歡迎的類型，可能是看這點不順眼吧。宮元老師也是啊，好像只是年輕的時候在小說家之間長得比較可愛一點，就一直受到大家的百般吹捧。」

感覺若再攝取咖啡因，胃壁遲早會破洞出血，所以我沒有喝咖啡，而是喝著白開水應聲。濱野也和我一樣喝著白開水。

「現在卻進化成了完全看不出以前影子的肥豬呢。聽說是因為吃藥的副作用，但真的會胖那麼多嗎～」

濱野不耐煩地把變短的香菸按向菸灰缸，緊接著點了第二根。

「雖然我這裡的情況也好不到哪裡去，但我看宮元彩子已經完蛋了吧？畢竟在業界大家都心知肚明，五十六獎的提名最多只會獲得五次。這幾年那個老太婆又因為生病還是更年期到了，變得超級難搞，以後她也不可能會有什麼長進，更不會有出版社願意協助她更上一層樓吧。貝塚，你現在手邊有她的稿子嗎？」

「現在進行式的沒有。」

「那就丟了吧。把心力花在其他可以賺錢的作家身上，打造出暢銷作品吧。」

「是。」

「我們現在很不妙喔～明年再沒有任何作品大賣的話，文藝編輯部可能會縮編。」

「咦～現在人手都已經夠少了耶……」

胃又更痛了。濱野捏起喝完的空紙杯，把還相當長的香菸扔進菸灰缸裡，說著「那我要去討論了」就站起來。我目送他的背影離開，目光順勢投向牆上的時鐘，看時間我也差不多該出發了。手上負責的一套推理小說系列即將改編成懸疑風的兩小時電視劇，所以要和電視台的人碰面詳談。我和負責洽談授權影像改編等二次創作的版權部職員，約好了在電視台的入口大廳會合。

現今這個世道，小說就算改編成了兩小時電視劇也不會熱賣。不過，因為可以收到微薄的授權費用，作家的心情也會變好，所以影像改編的邀請還是令人高興。回到自己的座位，拿了外套、大衣和公事包，離開部門。

等電梯的時候，從上樓的電梯裡頭走出了後輩藤岩。

「前輩，您辛苦了。臉色很糟呢，身體沒事嗎？」

這麼問著我的藤岩臉上沒化半點妝，眉頭皺了起來。

「嗯，雖然有事，但我可是上班族。」

「啊，說的也是呢。」

真希望她可以再擔心我一下。但是，藤岩輕輕低頭致意後，就快步離開了。

藤岩是我的第一個後輩。從我入社被分配到文藝部已經四年了，但文藝編輯部遲遲沒有新進員工。確定會分配新人進來以後，濱野還興奮不已地吶喊：「我們部門終於要有年輕的女孩子了！」但是，一看到藤岩本人，他對「年輕的女孩子」就失去了興趣。因為藤岩簡直是俗氣又不苟言笑的化身。

——應該分配那種可以提升我們工作動力的女孩子過來才對吧。不是還有兩個人嗎？那兩個女生好多了！

起先我很同意濱野的抱怨，但實際上見識過藤岩在工作上的表現以後，我卻開始覺得，也許她能夠為景凡社的文藝編輯部注入一股新的活力。

廢話少說，提升銷量就對了！別做賣不出去的書！只要聯絡暢銷作家，趕快拿到他們的稿子就好！這就是現在景凡社文藝作品的大略方針。文藝編輯部每個月必須出版的數量是早就決定好的。每間出版社的情況都不一樣，有些公司會設定「整年度初版總數」或者「整年度出版總數」，但景凡社為了配合既有的廣告空間，設定為「每月出版總數」。但是，不可能每一本書都找來「知名暢銷作家」出書。因為每個作家能寫出來的原稿張數有限，更何況也沒有那麼多「作品必定暢銷的作家」。這種作家，幾乎是所有出版社都排著隊在等他的原稿。

景凡社的文藝部門，去年和今年都流年不利。雖然集結了作品銷量都還不錯的作家，但已經連續兩年都沒能搶到超級暢銷作家的稿子。不過，去年我和濱野還是想盡辦法要捧紅一部作品，在行銷會議上熱血沸騰地主張：「這本書一定能大賣！」於是各做了一本初版皆有三萬本的小說，甚至單獨在報紙上打了廣告。然而，結果實銷雙雙賣不到五千本，害得公司損失慘重。自此之後，行銷部再也不相信我和濱野說的話，我們已經有好一段時間都不敢冒險嘗試。

在這種情形下，藤岩腳踏實地，真的是非常腳踏實地地挖掘作家，雖然初版印量都不多，但每一本書的實銷統統超過八成。既沒有熱賣，也沒有大幅的再版，卻每一本書確實都有獲利。踏實穩重，是編輯真正該有的姿態。

我總有一天也能變成像她那個樣子嗎——

電視台內的牆上到處都貼著「賀○○％！」的紙張，慶祝著收視率節節攀升，上頭的紅字映在睡眠不足的眼裡非常刺眼。無論哪個地方，都跟在數字後頭跑得團團轉。在這麼氣派的大樓裡，肯定也有員工和我一樣鬱鬱寡歡有苦難言吧——走向會客室時，眼角餘光在敞開的門扉後頭瞥見了有如大型垃圾場的辦公室，我在心裡這麼想道。

平日晚上是連日接力的年終宴會，星期六一大早為了陪作家打高爾夫球比賽，假日還得出公差。十二月的高爾夫球場冷得要命，地點還在木更津。隆冬時期跑到冷風呼嘯的戶外打高爾夫球，根本腦袋有洞。陪著作家一直打到了下午三點左右，才回到東京都內，在銀座的壽司店簡單地吃了晚餐，一行人再魚貫前往作家中意的女公關所在的俱樂部。趁著這個時候，我向其他出版社的編輯表示要先行告辭，終於勉強在約好的晚上八點趕到川越的家庭餐廳。

「貝塚先生，你臉色真難看耶。」

已經先一步抵達，在擁擠店內喝著咖啡的田卷悠太一看見我就這麼說。

「不好意思，這麼無精打采地過來。你還沒吃飯吧？想點什麼儘管點。」

「謝謝你，真是我的救命恩人。」

大我兩歲的青年喜不自勝地看起菜單的模樣，散發出一種高潔又純白無瑕的氛圍，只是看著就覺得心靈受到了洗滌。不，其實他的衣服又皺又爛，頭髮也亂七八糟，但這世上真的有人的高潔會從靈魂裡頭透出來呢——每次看到他，我都會這麼想。

田卷悠太是五年前得到了冬蟲夏草社新人獎的作家。我看了他在雜誌上刊登的得獎作品。在我看來，田卷的能力在當年度所有新人獎的得獎作家中是最出色的，卻直到現在都還沒能出版第一本書，冬蟲夏草社對他也早已是不聞不問。目前他在景凡社的文藝雜誌《小說景凡》已經刊載了六篇短篇，稿量已經累積到了足以發行短篇集的單行本或文庫本。但是，我提出的出版企劃已經連續兩次都在編輯會議上遭到駁回。

仔仔細細地把菜單看過一遍後，田卷點了荷包蛋漢堡排加白飯，再點了香草冰淇淋當作餐後甜點。

「你不點沙拉嗎？」

「我吃不了那麼多。」

兩年前田卷得過胃潰瘍。本來他在黑心企業裡當著用完即丟的免洗員工，於是以此為契機辭掉工作，如今在看護中心當兼職的打雜人員。上一間公司的薪水東扣西扣後實際收入為每個月十七萬日圓（一百七十個小時的加班費已包含在內），現在卻變成了每個月只有九萬，但是可以準時下班。雖然我一直想盡快讓他發行單行本，但現在的我還無法讓企劃案通過。

「對了，貝塚先生，上次你說過對方是《C.C》的美女編輯吧？聖誕節有約她一起出來嗎？」

「啊，沒有，總覺得現在好像不是時候。最近太忙了。」

「用太忙當藉口，會讓所有機會都溜走喔。」

田卷的聲音沉穩，但因為這句話是根據他自己的經驗，所以聽起來格外有說服力，沉甸甸地落進我腹部底層。注視著我的雙眼很澄澈，卻也漆黑得看不見盡頭。

冬蟲夏草社的新人獎是短篇小說獎，一年會舉辦兩次選拔，所以就算得了獎，也無法馬上出書。再加上冬蟲夏草社會要求得到自己公司新人獎的新進作家，每個月都要產出換算成稿紙有一百五十到兩百張的稿量。複數的短篇抑或長篇小說皆可。總之就是要求作家寫出東西來，再觀察情況，發現有人跟不上就毫不猶豫地捨棄，只留下有體力和心力寫作的「可以賺錢的作家」。這對每個月都得無償加班一百七十個小時的田卷來說，根本是不可能的任務。他「忙得」沒有時間寫小說。結果，得獎後僅過半年的光景，就被冬蟲夏草社拋棄了。要是那時候田卷勇敢地捨棄安定的收入，毅然決然地投身進小說家這種看不見未來的行業，也許現在雖然不至於躋身暢銷作家的行列，但起碼也養得活自己吧。時至今日，那份後悔仍然啃蝕著他的心靈。目前只有我和明壇社的浦部邑美還與他保持聯繫，浦部也哀嘆著企劃案總無法過關。

看著開心地大啖端上桌的荷包蛋漢堡排的田卷，我沉痛地切身體會到，只會一味找藉口的話，確實無法開拓出前進的道路。

就在新年剛過一個月的時候，我所負責的本鄉大作引發了失蹤的騷動。這件事在文藝圈內鬧得很大，但在我心裡，「被《C.C》編輯部的森尾甩了」這件事更嚴重。

——明明我很討厭文藝部的編輯，難道你都看不出來嗎？

正當所有人都為了失蹤事件鬧得人仰馬翻時，我還是擠出時間邀請森尾：「情人節那天晚上要不要一起吃個飯？」結果這就是我得到的回覆。田卷你這騙子！

每次出版以年輕女性為讀者群的新書時，我和濱野都會為了森尾跑到《C.C》編輯部進行宣傳。因為只有這個機會可以和她說上話。濱野是已婚男士（老婆以前是模特兒），大概只是抱著膚淺的想法，覺得可以和涉世未深的漂亮女孩子聊聊天很幸運吧。但是，我是認真的。打從她進入公司開始，我就注意到了這位看來性情高傲的美人。完全正中我喜好的紅心。

——為、為什麼會討、討厭我們呢？

——你真的不知道為什麼嗎？你們每次出了書都拿過來強迫推銷，因為是自己公司的雜誌，就一副請我們把書訊刊登在雜誌的文化專欄上是理所當然的樣子。可是，專欄介紹的書跟出版社根本沒有關係，都是負責寫書評的寫手自己選的喔。為了把臨時要求的書評也放進去，我們每次都要低頭拜託寫手耶。明明支付的稿費還是一樣，卻要對方再白白多花一點時間喔。這點道理你們編輯不是應該明白的嗎？再說了，你們知道負責寫書評專欄的寫手叫什麼名字嗎？

——……

——既然要拜託人家，至少要查一下對方叫什麼名字吧。還有，為什麼你們的態度都那麼高高在上啊？要求的語氣也很傲慢，你是不是以為我現在很累，就可以輕易地把到我？

我答不出話來。關於態度之所以會高高在上，濱野是因為他是某大客戶長官的兒子，和我們出版社某長官的兒子互相交換，靠著關係進入彼此的公司，是走後門世界裡的超級菁英。至於我，只是因為太過緊張，不知道該怎麼接近森尾。換作對象是作家，不管對方是什麼樣的人，我都能和平常一樣說話。但是，森尾不僅長得漂亮，又在女性雜誌擔任編輯，對我來說根本是另一個世界的居民。所以為了展現出自己有男子氣概的一面，才會只懂得擺出旁若無人的態度。

見我語塞不答，森尾往我這邊輕蔑似的瞥了一眼，就輕輕低下頭轉身離開了。好一段時間我都在原地動彈不得。

不，不對，她並不是討厭我。她一定是已經有男朋友了，但不想被我知道男友的存在，才會故意對我說些傷人的話好掩蓋事實；這些狠毒的話語是她的溫柔，和對我有些許好感的表現，一定是的。我堅定地這樣說服自己，才勉強讓自己熬了過來。

於是情人節又過了兩天後，我人出現在居酒屋。

「實在太好笑了～森尾也太讚了吧！」

眼前校對部的河野悅子正一邊用憐憫的眼神看著傷心的我，一邊放聲哈哈大笑。這傢伙對臉部肌肉的運用還真是神乎其技。

「……妳真的失禮到了無可救藥的地步耶。」

「對方對我都沒有禮貌了，我也沒有必要以禮相待啊！咦？怎麼，她都已經當面說得這麼狠了，你現在還想來問我要怎麼做才能和森尾交往嗎？我之前就說過了，你完全沒有希望啦！」

河野用著讓人恨得咬牙切齒的表情說得斬釘截鐵，讓人很想從她的額頭直至下巴一掌扣住，再使足吃奶的力氣捏爛。不過，事實上她說的也沒錯就是了。

「那妳自己呢？看妳這種樣子，絕對不受男人歡迎！」

「很遺憾～我可是有對象的喔！而且還是超帥的帥哥！」

「咦！什麼時候！」

「就從前天開始！」

看著她用可恨又得意的表情宣布出事實，雖然連我自己也不敢相信，但心裡感到有些焦躁。我一點也不想承認那種心情就是嫉妒，不甘心下口不擇言，說出來的話連我自己都覺得丟臉。

「……反正像妳這種女人，一定只看外表而已啦！」

「你是白痴嗎？要是沒有外表這扇門，你要怎麼走進對方的心？明明你自己也只對森尾的臉感興趣，沒有查過她在《C.C》負責哪幾頁，平常又都在做哪些工作吧！」

她丟回來的反駁真是讓我自打嘴巴，一句話也說不出來。

「明明做一樣的工作，你和濱野先生真的是天差地別耶。他感覺就很受歡迎。」

但聽到接下來這一句話，我就不得不回嘴了。

「他那種像人渣一樣的人哪裡受歡迎了！」

「咦？他哪裡人渣了？濱野先生如果要發校樣給我們，一定會自己先確認過一遍，除了校對指示文件之外，還會把希望我們能夠仔細確認的部分用紙條標示出來喔。如果有地方明顯寫錯了，他也會自己用紅筆校對。像他做事這麼細心的男人，感覺就很受歡迎啊。」

「……他還會做這種事情喔？」

從他平常的言行舉止根本想像不到，還以為河野口中的濱野是不是另一個人。但是，我們公司裡名叫濱野的社員就只有他一個。

「嗯。還有呀，如果遇到比較困難的校樣，他也一定會送點東西犒賞我們。上次還帶了『Rusurusu』的可愛餅乾給我們喔！這些行為女孩子都會打很高的分數，而且餅乾也很好吃！」

這些事實太過出乎意料，我甚至感到暈眩。在編輯部的時候，濱野那張嘴根本吐不出象牙來，老是說些讓人感覺很不愉快的歧視發言。像是只要年過三十，所有女人就都是老太婆，還說醜女根本沒有活在這世上的價值。對於看不順眼的作家，也時不時就詛咒對方「真希望那傢伙早點去死」。一開始被分配到編輯部的時候，我還覺得「這個人真討厭」。但是，久而久之卻開始覺得，大家好像都是這樣。比起習慣、麻痺，更應該說是平常和他相處久了，自己的思考模式也被他影響了。

「……總覺得被騙了。」

「你什麼意思？」

「因為他在編輯部的時候，真的就只是個爛人啊。我沒有誇張，從人類的角度來看，他根本是人渣。」

「是喔？可是，只要他人渣的那一面沒表現給我們看就好了吧？又不是要當男女朋友，只要工作起來愉快，我們才不在乎他為人怎麼樣呢。」

「咦～是這樣子嗎？」

「就是這樣子喔。所以反過來說，假使你的本性其實非常善良，雖然我是覺得不可能啦，但早在我和你沒辦法合作愉快的那一刻起，你就是人渣了。」

「……在我心頭的傷口上抹鹽再刺一刀很有趣嗎？」

「是你先叫濱野先生人渣的吧？要是會為了這點小事就受傷，那乾脆別和人類來往算了。」

河野咕嚕咕嚕地喝光剩下的啤酒，「砰」的一聲把杯子放回桌上。當我回過神，才發現自己連一口都還沒吃，點的菜就已經全都進了她的肚子裡。

女人啊，只要送給她們甜食或是會閃閃發亮的東西，再適時地體貼關心一下，就會照著我們想的乖乖行動了。不論在哪個組織，一個人的風評通常都由女人說了算，所以你也要懂得運用這幾招啊。

隔週，我在吸菸區向本人確認了河野的說詞以後，他就告訴了我上述這些話。果然這個人講話真是人渣到了極點，但人渣到了這種地步，反而讓人覺得神清氣爽。

「聽說你還會在校樣上，把希望他們能仔細確認的地方用紙條標示出來。」

「我只會把自己確認過後，還是不太肯定的地方標出來而已。有時候要是參考文獻的時代不對，內容就會跟著寫錯吧？啊，但有些作家只照自己的規定走，才不理出版社的規定，這種時候我就會全部寫在指示文件裡頭，省得之後還要花時間修改。還要用橡皮擦擦掉註記太麻煩了。」

「……這些事我都不知道。真虧你有時間做這種事耶。」

「哪有時間啊，都是擠出來的。」

我忍不住嘆氣。同時，濱野的手機響了起來，看了眼螢幕，他就急急忙忙地捻熄香菸，衝出了吸菸區。

當晚，很巧地兩人都沒有和人約好要談公事，濱野就邀我一起去喝一杯。可能他也想再多聊聊白天在吸菸區的話題吧。

「其實啊，我真正想做的是外文。」

喝完第一杯啤酒時，濱野開口說了。外文不是學習外文的外文，而是指外國文學的翻譯小說。

「咦？可是濱野先生入社的時候，外文的叢書系列就已經收起來了吧？」

「不，是在我入社那年收起來的。」

濱野一出生就是菁英子弟。但是，也因為家庭的關係，他注定只能進入景凡社工作。互相靠關係走後門，就像領主們過繼養子或者政治聯姻一樣，算是一種人質，讓兩間公司可以合作得更加融洽。換句話說，是「只要隸屬於公司就好」的存在。也因為這樣，可以自己選擇想去的部門。單看外表根本是人生勝利組之王的濱野，卻沒有依著外表給人的印象，進入景凡社主力刊物的時尚雜誌部門，反而選擇了在業界中算是弱勢族群的文藝編輯部。

原來是因為這樣嗎？我今天終於恍然大悟。以前，景凡社曾經出版過外文叢書。這似乎是當時社長的興趣，但社長一換人，這個系列也就收起來了。

「貝塚，你聽過菲黎思・候嫚（Felice Holman）這位作家嗎？」

「沒聽過。」

「我想也是，大概誰都沒有聽過吧。」

沒有任何人聽過的作家，究竟還算是作家嗎？據濱野說，他是在小學的時候讀了這個作家的小說，成為了啟發他的經典名著。身為孤兒的少年無家可歸，飽受迫害，逃離地面躲進了紐約地鐵居住，靠著販賣別人丟掉的報紙維生，孤立無援地努力求生。好像是這樣子的故事。濱野說是平常幾乎沒有交集的父親送給他的禮物。

「感覺上……故事本身和濱野先生完全沒有共通點呢。」

「會嗎？我們家不是很有錢嗎？在有錢人家出生的小孩子包括我在內，通常個性都很討人厭吧？我覺得這是父親在提醒我，不要只會坐享自己天生擁有的優渥環境。另外可能也想提醒我，就算以後家道中落，也要讓自己擁有不管處在何種困境，都能夠存活下去的力量吧。」

怎麼內容突然變得這麼勵志感人，害我坐立難安。不對，這傢伙可是人渣喔。我提醒著自己，繼續聽他說下去。

因為父親送的一本書，從此濱野開始看起了翻譯小說。透過閱讀，他也開始會和父親交談。進入景凡社的時候，濱野也以為自己一定可以負責外文系列，豈料該部門在他入社的時候馬上就收起來了。沒讀過幾本日本小說的濱野，無可奈何下只好負責國內作家的出版規劃。

「換作是村上春樹，只要是有一定年紀的日本人都知道。可是，像是托馬斯．特朗斯特羅默（Tomas Tranströmer）和卡米洛．荷西．塞拉（Camilo José Cela），居然連編輯也都沒有聽過他們的名字，你不覺得這很扯嗎？」

「我也都沒聽過。」

「這兩位都是比較近代的作家，也都得過諾貝爾文學獎喔。記得一個是瑞典人，一個是西班牙人吧。」

「……你真的很喜歡外文耶。」

「因為我從小就是看外文長大的啊，只是對日本作家沒興趣而已。啊，我剛才說的這些別告訴任何人喔。工作上不管是多麼讓人不爽的對象，我都會做到不讓對方有挑毛病的機會。」

「我知道，我不會說的。」

大概是自己也意識到這些話不太恰當，濱野又提醒我了一次「不能說喔」，然後點火叼起香菸，吐出長長的白煙。

「等我哪天升遷了，搞不好就可以再重新出版外文系列了。所以現在為了快點升遷，才會努力提升我在女人之間的形象。啊～麻煩死了，現在所有上面的人就不能快點去死一死嗎？」

「……」

這麼感人的對話，結果最後的結語真是爛透了。

我現在到底在幹嘛呢？不對，是我應該要振作起來了吧——新的一週我開始這麼想，就看見報紙的社會版面上大篇幅地報導著一則消息：「作家王寺伸治疑因兒童買春遭到逮捕。」一星期一早晨，因為前一天陪打高爾夫球的肌肉痠痛和應酬陪酒的宿醉還未消退，所以我花了五秒鐘的時間才理解報紙上的內容。報導寫著，王寺與一名少女進行性交易，還在飯店對她施以性暴力。交易途中少女撞到了要害，引發腦震盪，王寺誤以為少女死亡，就把昏倒的少女丟在房裡，自己落荒而逃。因為到了退房時間也沒辦理退房，打電話提醒也無人接聽，察覺有異的飯店服務員前往房間一看，就發現少女全身被綁了起來，倒在血泊中昏迷不醒。緊急送醫之後，清醒過來的少女在警方的訊問下，整起事件才曝了光——這是什麼兩小時推理劇場般的發展啊！我十萬火急地打開電視，正好早晨的娛樂新聞也在報導這起事件。

——五十六獎落選，失志作家的自暴自棄？人氣作家王寺伸治猥褻十五歲少女！

看著電視上這麼怵目驚心的字幕，我「嗚哇——」地想摀住雙眼。而且這時期下一次的選拔已經開始了，偏又提到「五十六獎落選」，真是哪壺不開提哪壺。

早在遙遠的過去，在辣妹風潮席捲整個社會的時候，報章媒體三天兩頭就會報導少女買春，也就是援助交際這項社會議題。雖然現在這方面的報導已經稍有沉寂，但其實這種現象仍然普遍存在。聽說多數案例都不至於真的被逮捕歸案，但好死不死這次被逮捕的偏偏是作家。再加上好死不死率先揭發這則消息的又不是週刊雜誌，而是報社。我們公司那些守在警局的記者到底有沒有在工作啊？

由出版社發行的週刊雜誌，只要作家沒有殺人害命，都會竭力保護作家。但是，一旦消息先被報社或電視台報導出來，出版社也無法一手遮天。我整個人瞬間清醒過來，同時責編濱野的臉龐浮現在腦海。緊接著想起了他今後的出版排程，「啊」地摀住嘴巴。

我手忙腳亂地從公事包裡拿出電腦，接上電源開啟電腦，確認至今收到的田卷的原稿檔案都還在。然後再翻開名片夾，找出以前和米岡一起喝酒時拿到的印刷廠業務員的名片。記得名字很有時代劇的風格。我回溯記憶，終於找到了疑似那名業務員的名片。

正宗信喜。公司名稱是凹版印刷。

賓果！是《小說景凡》這四年來合作的印刷廠。那他們應該有已經校對完畢的原稿檔案了。

我難得上午就進公司報到，發現文藝編輯部除了藤岩以外已經全員到齊。而濱野正對著部長發動攻勢。

「就算要不擇手段也要做出能賣錢的書來！這句話不是部長您自己說的嗎！為什麼現在又不能出了！」

……果然。我輕手輕腳把公事包放在自己的位置上，走到部長的辦公桌前。

遭到逮捕的王寺伸治的最新作品，預計將在下下個月由景凡社發行。這是濱野一直籌劃至今的企劃案，本來希望能夠成為五十六獎得獎後的第一本作品。雖然落選是在意料之外，但王寺的最新作品仍是濱野今年想一決勝負的得力之作。

「到時候書出了當然會掀起話題，但是這個作家不但買春未成年少女，還對人家施暴，一般社會大眾都難以接受。濱野，這點道理你應該懂的吧？」

「我才不懂！既然可以造成話題，更應該要出吧！現在只有我們家手上有王寺老師足以出成單行本的稿量喔？要是一年後、兩年後再出，絕對不可能達到現在預估的銷量！部長要眼睜睜錯過這個賺錢的機會嗎！」

濱野說的沒錯，一旦出書，勢必會大賣吧。但是，出版社的企業形象也將一落千丈，變成「替猥褻未成年少女的作家出書，讓犯罪者賺錢的出版社」。景凡社的主力刊物是女性時尚雜誌，所以絕不會容許這種事情發生。最後，部長沒有說「我會再和上頭討論」，也沒有請行銷人員分析利弊，就憑著一己之見決定了中止出版計畫。濱野氣得臉都歪了，一腳踹飛垃圾桶，大步走出辦公室。

雖然對濱野很過意不去，但我立即上前和部長商量，能否改為田卷發行單行本。

「現在都還來得及！印刷廠也馬上就可以提供之前刊登在雜誌上的終校檔案，拜託您了！」

在進公司之前，我打電話向正宗確認過了。王寺的新書原稿已經發付給了凹版印刷。上週四才剛出初校的紙本校樣，封面設計通常是在一個月前才加上去，所以也還沒有校色。兩邊的損失都可以壓到最低。

——貝塚先生，加油！我會支持您的！

當我告訴正宗，如果王寺的新書出版計畫中止了，我會問問看部長能不能改為田卷出書，正宗就大力為我加油打氣，讓人聽了很開心。我低下頭等待，眼前的部長沉默良久，又過了幾秒之後，說了：「你先把之前刊登在雜誌上的原稿影本拿來給我看吧。」

雖然不希望是在這種情況下，總之田卷的出道單行本非常臨時地插進了下下個月的出版新書預告裡。就在猥褻案發生的隔天。

——劇情很平淡呢。

看完原稿，部長說了評語。

——是很平淡，但是，故事本身很棒吧？可以打動人心。

——貝塚，這本書你真的有勝算嗎？可以現在馬上發印，拿到初校稿，再把校樣發給各書店嗎？有辦法趕在書腰發印前就拿到書店員的感人書評嗎？

——我一定會發出去，一定會拿到書評，包在我身上！

——雖然已經做好了會賠錢的準備，但既然要出，還是希望多少可以回本吶……

晚間七點，電話終於接通了的田卷聽完我的報告，在沉默許久後才用茫然自失的聲音問我：『真的嗎？』

「當然是真的！可以出單行本了！我現在就過去川越，你時間方便嗎？我們一起想企劃案吧！」

一個小時後，我和田卷在川越那間常去的家庭餐廳碰面，簡單地舉杯慶祝。乾杯以後，趁著還沒有喝醉，我把幾個裝幀設計師的作品集和白天想過的——其實是一直以來都在構思的書腰方案拿出來，讓田卷過目。

「呃，關於封面，封面的書腰應該會放書店員的評語，然後字體加大，至於封底……這部分可以隨我們自由發揮。」

「咦？書店員會看我的書嗎？真的可以拿到他們的感想嗎？」

田卷從檔案夾上抬起頭來，一臉不安地問。

「他們會看的，你放心吧。等他們寫好評語，我會全部拿給你看。」

「我的書上面會有書店員的評語，還會擺在書店裡頭嗎？真的嗎？」

「當然是真的啊，現在你總該相信我了吧！」

「因為，我實在不敢相信……我太高興……了……」

說到最後他像沒電一樣中斷，再也發不出聲音來。田卷用掌心摀著嘴巴，低下頭去。看著顫抖著肩膀靜靜哭泣的田卷，連我也跟著想哭。

白天的時候，我聯絡了田卷在冬蟲夏草社的責編。因為要在非新人獎得獎出版社的景凡社出版他的出道單行本，得要徵求對方的同意。至少也要打聲招呼，這個步驟不可避免。

——很遺憾不能由敝社為他出書，還請您多費心了。

——是的，謝謝您。

——田卷先生並沒有停筆呢，倒是這點更讓我驚訝。請代我向他問好。

過了三分鐘後，田卷大口深呼吸，抬起臉龐。

「之前貝塚先生不是和我說過，五十六獎的等待會結束以後，宮元彩子老師大發脾氣，讓大家苦不堪言嗎？」

「啊……是啊。」

當時我想找個毫無關係的人抱怨，忍不住就對田卷訴苦了。他儼然像尊菩薩，耐心傾聽我說話。但沒想到——

「我一點也不覺得那有什麼好辛苦的。聽到的時候，我心裡還有點不安，原來貝塚先生這麼容易受到挫折。」

「……」

「我以前不是在無良企業上班嗎？我想那裡的世界，大概貝塚先生你們這種在一流企業當正職員工的人根本想像不到吧。如果只是下跪再加上被罵到狗血淋頭，對方就願意原諒你們的話，這已經算是很輕鬆了。在那個世界，下跪根本沒有意義。遇到奧客只是基本，只要客人要求更改樣式，我們就必須從頭全部重做，要是出了問題，直到找到原因之前也絕不會放我們走人。下跪的時候還能吃吃喝喝，已經算很好的了。實際上人類就算沒有正常吃三餐，只補充水分和糖分，照樣可以再工作四天的時間。就算不睡覺，只喝營養飲品，也能再工作一個星期。這就是我以前在做的工作。」

「……你居然能活下來耶。」

「因為我打定主意，在成為作家之前絕不能死。所以只是下跪而已還能抱怨，其實很幸福了，我不認為這樣的人肯為了我和公司奮戰。而且，雖然我根本無法知道像宮元老師那樣知名的作家會有什麼樣的心情，但是這次沒能得獎，我想宮元老師是真的很痛苦很難過，也非常不甘心吧。可是，明明貝塚先生應該要支持她才對，你卻沒有去理解宮元老師的傷心與不甘，只想著要怎麼撐過那段時間吧？所以我才覺得，那你對我也只是說說場面話而已吧。其實之前，我根本不相信貝塚先生真的能夠幫我出書。對不起。」

「……不，這是我要說的話，對不起。」

怎麼說呢，很多方面都讓我心好痛，無法再說出更多話來。

田卷先生並沒有停筆呢——冬蟲夏草社的編輯說過的這句話閃過腦海。他一直都在寫。在他說下跪還比較輕鬆的那種情況下，他一直都在寫。就算寫了也出不了出道單行本的作家比比皆是。就算出得了第一本書，出不了第二本書就消失在這世上的作家更是多如繁星。單憑我一個人雄心壯志，說「我絕對不會讓這種事情發生」，但能不能出版下一本書，全取決於這本書的銷量多寡。

「我會加油的。」

田卷說的這一句話，也正是我想說的。

初校的紙本校樣以異常的高速很快出爐，正午過後，正宗送來了兩份剛印好還熱騰騰的全新校樣。比起貨運業者，自己親自送過來更快。

「謝謝你，真是幫了我大忙。」

「希望這本書可以大賣！下次請一定也要找我們！最好是印量大、印刷程序很多，或是我們可以賺很多錢的書！」

正宗臉上的笑容爽朗到了彷彿可以聽見亮光效果音，獅子大開口地說出野心宣言，然後就急急忙忙地離開了辦公室。我也站起來，打算直接把校樣送到校對部，但又改變主意，在桌上打開紙本校樣。

目前為止我主要負責的，都是已經「累積有一定實力」的作家。像是從被調走的前輩那裡接手的作家，和雖然有知名度，但景凡社還沒有合作過，由我邀到稿子的作家，以及從前的作品曾經暢銷，卻長年來都苦於寫不出作品的作家。這一類作家，不需要再有「栽培」這項作業。我都是從其他人栽培出來的，已經成為商品的作家身上獲利。對於這種行為，我從來沒有任何疑問。業界裡的人也都是這麼做，所以大家是半斤八兩。

那麼是否有朝一日，其他編輯也會從我所栽培的田卷身上獲取利益呢？

我一邊看著校樣，一邊寫下校對指示文件。所有地名皆為虛構，所以不需要確認。小狗會說話是正常的。數字請統一為漢字數字。依照作者的希望，動詞「関る」的送假名不需要加「わ」，柔軟「柔かい」的「ら」也是——等等諸如此類。

校對再麻煩了。

最後寫上這一句話，我用長尾夾把校樣固定起來，前往校對部。

「哎呀？貝塚，怎麼會是你拿過來？」

把整疊紙本校樣遞給校對部長後，他眼鏡底下的雙眼瞪得老大。

「這份紙本校樣是代替原本要出的王寺伸治的新書。因為是臨時發印，所以印刷廠的業務員直接送來給我。」

「哦～還真難得。貝塚居然會擔任這種名不見經傳的作家的責任編輯。」

「校對就麻煩你們了。」

看著部長收下校樣，正打算要離開時，發現藤岩就在米岡的座位旁邊。她正好起身，似乎也準備要走，我們自然而然地一起走進電梯。

「我聽說了喔，恭喜你。」

最近變得漂亮許多的藤岩說完，露出笑容。

「田卷悠太是之前貝塚先生提出過企劃案，那位得過冬夏新人獎的作家吧？他寫的故事很平實，但相當感人呢。」

「妳還記得啊？」

「是啊。雖然近年來短篇集小說很不好賣，但請你加油喔。」

「不用後輩提醒我，我也會努力宣傳啦。」

回到編輯部，拿了備份的校樣影本，接著前往行銷企劃部。我拜託了負責跑東京主要大型書店的行銷部員，最後他在奔走下請到了六名書店員看校樣。真是太感激了。

下午三點，花了一個小時和設計師討論完畢後，我忽然想起一件事，走進離車站最近的百貨公司。在地下樓層的食品賣場買了店名叫作PIERRE什麼的，看起來就像玩具一樣的綜合馬卡龍，然後回到公司。田卷的小說背景設定在現代，內容本身並不麻煩，但我不自覺地想起了濱野的舉動，於是向他看齊。這是我非常重視的校樣。因為打從心底希望負責的校對員可以完美地完成工作，所以才買了點心——

「……可是，為什麼是妳在看校樣啊！妳現在不是負責雜誌的校對嗎！」

「你很吵耶～這週是合併號，所以我很閒嘛！有意見就對部長說啦，我只是接下部長丟給我的校樣而已！」

然而，我貴重的紙本校樣竟然出現在了河野的桌上。大概是已經草草看過一遍，攤開的那一頁校樣上已經有好幾處用鉛筆寫了註記。

「那麼，你有什麼事？這份校樣好像得在一星期內完成，所以我現在很忙。」

河野問得一臉老大不高興，我只好不情不願地遞出PIERRE什麼的紙袋。

「這什麼？」

「慰勞品。」

「……啊？」

「馬卡龍。」

「……咦？」

「我不是都說了這是慰勞品嗎！裡面是馬卡龍！」

「你這是送東西慰勞別人的態度嗎！但我還是會收啦！謝謝你喔！」

河野從我手中接過紙袋，接著毫不猶豫地拿出裡頭的紙盒，打開盒子。

「哇啊～好可愛喔！」

她剛才的臭臉頓時消失無蹤，換上了我從沒見過的開心表情，再毫不猶豫地拿起一個珊瑚粉色的馬卡龍放進嘴裡。

「啊啊～好好粗喔～～」

聽到她混著嘆息，發出的聽來甚至有絲猥褻的驚呼，我忍不住問：

「妳們女孩子不是很常吃這些甜食嗎？有這麼高興嗎？」

「才不呢，我們平常吃的甜食都只是便利商店的布丁和鯛魚燒而已，好久沒吃到這麼高級的西式點心了。真是好吃～」

「居然吃鯛魚燒，還真像老人家。」

「因為我家就是鯛魚燒店嘛。」

「咦？妳父母是開鯛魚燒店的嗎？」

「不是啦，是我現在住的房子在賣鯛魚燒。」

河野再拿出第二個紫羅蘭色的馬卡龍，輕輕用門牙咬住，然後寶貝地蓋上盒子，放回袋子裡。咬碎嘴裡的馬卡龍吞進肚子裡後，立刻又吐出了讓人火大的發言：「我很忙耶，你還有事嗎？」

不是老家，而是現在住的房子在賣鯛魚燒嗎？這還真是莫名其妙——但是比起這件事，我有更想問的事情。心跳忽然間加快。

「……所以，怎麼樣？」

「很好吃啊。」

「不是啦，是那份校樣。妳很快地看過一遍了吧？」

「啊，嗯。很有趣喔。可能是你至今拿來的校樣中，我目前最喜歡的。」

河野不假思索，說出了出乎我的預料，卻也是我最想聽的答案。我不敢置信地再三確認：

「真的嗎？不是因為我帶了慰勞品過來，妳才說好聽話敷衍我吧？」

「才送一次慰勞品而已，我有那麼好收買嗎？噯，我真的要趕不出來了，你快點回去啦。」

河野用指尖轉著鉛筆，不等我回答就重新面向桌子。抽屜櫃上擺著七本辭典。她抽起其中一本，皺著眉頭翻開查閱。我已經徹底被摒除在她的視線範圍之外。

我希望再聽她說一次「很有趣」。不是別人，而是想從河野口中聽到這句話。但看她散發出來的氣勢，現在似乎不適合和她攀談。定定凝視了她的側臉十秒後，我就離開了現場。走下樓梯的同時，「很有趣」和「最喜歡」這兩個字一直在腦海裡反覆播放。開心地吃著馬卡龍的笑臉就像小孩子一樣，意想不到的可愛。

如果單行本順利出版了，下次別再隨便選間居酒屋，邀河野去會用推車送甜點過來的高級餐廳吧。然後再一次，從正面欣賞她的笑容吧。

第五話

校對女王身邊的蕈菌

悅子的研習筆記 其之十一

【打文字稿】指用電腦把手寫文字輸入成電子文字檔，或者把訪談等錄音檔打作文字檔。也叫逐字稿。如果只有書面資料，沒有電子文字檔的時候，還有一種機器，應該說是軟體，可以辨識文字輸入進電腦裡。這就叫作光學閱讀器（Optical Character Reader，簡稱OCR）。但是，錯字很多。有時候會把「之」和「乙」搞錯，或者搞混濁音和半濁音。從前有本書叫作《憧憬☆加德滿都》，就是因為OCR軟體的關係，紙本校樣裡的一句話變成了「往他的屁股塞進管子」。正確是跳蛋（註7）。不管哪邊都爛透了。

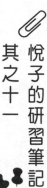

嗨，大家好。我是大家意想不到的部長。啊，就是那個私底下被稱作杏鮑菇的校對部長。本名為茸原渚音，唸法是「Takehara Syon」。很帥吧？雖然這輩子從我懂事以來，一直都輸給了自己的名字，但至少遞出名片的時候可以搏君一笑，所以還是有些感謝說她看了《第七號情報員續集》以後就假性懷孕的電影宅母親（註8）。所幸母親還算有常識，沒有選擇用詹姆士．龐德的「James」來取名字。要是用英語發音來取對應的漢字，大概會是慈詠夢栖吧？感覺挺酷，但名字還是不要太招搖的好，不如說這根本是特攻隊服上會繡的字了吧。

繼我之後，本集下一話多半是本鄉老師的『皇帝的寢宮』。實在抱歉，明明書名叫作《校對女王》，居然最後連續三個角色都是大叔呢。雖然貝塚勉強還算二十開頭，但在年輕女孩們眼中已經是大叔了。嗚呼哀哉，年輕就是這麼的殘忍。

註7：管子的日文為パイプ，跳蛋的日文為バイブ，差別只在於半濁音和濁音。
註8：《第七號情報員續集》中飾演詹姆士．龐德的演員為史恩．康納萊（Sir Thomas Sean Connery），渚音的發音和 Sean 相近。

還有，正心想著「蕈菌是什麼細菌啊？」的年輕女孩們。這是我大學時期的綽號，意思是菇類。在餐廳等地方通常標記為「香菇」（像是牛肝菌菇等等），寫成英語就唸作「Fungi」。無論我到多麼前衛的髮廊剪頭髮，無論我多麼努力避免，頭髮自有一種會生長得很像菇類的特性。換個層面、換個角度來看，其實也可以說像是吉祥物，是現年五十，正散發出無窮魅力的可愛中年男子。畢竟我的姓氏是「茸原」嘛。北斗公司（註9），歡迎來邀請我拍廣告哦。

電視上在所謂的刑警劇和推理連續劇裡，如果登場人物中有小說家，那個小說家通常必死無疑，再不然有很高的機率是兇手。但如果故事類型是小說家偵探，小說家是負責推理的角色，那就不在此限。

中午過後的校對部裡，響起了米岡與河野意興闌珊的交談聲。

「在電視劇裡面，小說家很常被殺死耶～」

「因為在電視劇裡頭死掉也是小說家的工作之一嘛～是哪部電視劇？」

雖然河野被調到了雜誌校對組，但因為分配到的座位正巧背對米岡，所以兩人經常天南地北地閒聊。

「昨天看的兩小時電視劇。感覺和本鄉老師很像的人被疑似高爾夫球桿的凶器打死了。」

「如果凶器是棍棒，在還無法確定凶器是什麼的時候，或者凶器感覺是棍棒，但又有太多東西長得像棍棒了，這種時候才會在前面加上『疑似』這個不確定副詞吧？可是高爾夫球桿就是高爾夫球桿啊，只要說『高爾夫球桿』就好了吧？」

「啊，也是喔。不過，現實中在日本並沒有小說家真的被那種東西打死過吧？」

「搞不好有喔，但因為不是超級有名的作家，才沒有被報導出來吧？」

「話又說回來，高爾夫球桿有沉重堅硬到殺得死人嗎？」

「不知道，等一下貝塚來再問問看他吧。所以兇手是誰啊？」

「小說家的祕書，其實他們是同父異母兄弟。」

「現在這時代還有小說家有祕書嗎⋯⋯」

那齣電視劇的原作，大概是二十五年前我還在文藝編輯部時負責過的小說吧——但我不敢老實說出來，視線再拉回到自己正在校對的紙本校樣上。這樣啊，原來那部小說翻拍成電視劇了嗎？我完全不知道。不過，都二十五年前了，版權多半已經轉到其他出版社手上，也

註9：日文中「茸」也有香菇的意思。北斗（Hokto）是日本專賣菇類的一間公司。

沒有收到過任何通知。果真是光陰似箭，歲月如梭啊。

景凡社正式成立文藝編輯部至今，已經進入第三十三年了。在那之前，雖然也以一年幾本的速度慢工出細活地出版文藝作品，但真正投入這塊領域並且成立《小說景凡》，還只是我入社前幾年的事。由原本負責週刊雜誌和時尚雜誌的編輯們，向從燐朝和冬夏挖來的文藝編輯們學習出版文藝的知識，然後花了十年的時間才勉強步上軌道。更在距今十年前，成立了由我擔任部長的校對部，我認為這樣的成長十分可敬。

「噯，米岡，你覺得勃起變硬的那個漢字，應該是『固』、『硬』和『堅』哪一個才對？」

話題突然從電視劇一百八十度大轉彎，看來河野又繼續校對起了《週刊K-bon》的校樣。不過，女孩子怎麼能問這種問題呢！

「是『硬』喔。不過，不可以把那個單字說出來啦，妳是女孩子耶。」

沒錯沒錯，米岡，說得好。

「果然是『硬』嗎？可是啊，如果非常正經八百的男人勃起了，感覺用『堅』不是比較適合嗎？因應當事人的個性再替換漢字比較好吧？」

「用『堅』的話射精之後陰莖就毀了喔，因為反義詞是『脆』。」

「是喔～那就只是世界驚奇人類了呢。」

只見四周安靜工作著的其他部員全都抖著肩膀在憋笑，我不得不打斷他們。

「你們兩個，安靜一點。」

「對不起～」

對於這一來一往像是女校教室中老師與學生的對話，我自己也覺得真是和平。曾有一次我問過資深的校對部員們，會不會覺得河野太吵？結果他們的回答出乎意料：「這樣很好啊，感覺很有活力，而且她也很可愛。」在這之前，除了雜誌校對小組的終校日以外，校對部都安靜得有如冬季時分的湖畔。大概是為了總有天要進入《Lassy》編輯部，河野幾乎不與米岡以外的部員打好人際關係。而多數校對部員也都天生不擅長與人面對面交流，就好比只專注打磨自己技巧的工匠，所以也不會主動與有如異類的河野接觸。但大家也都習慣了這樣的相處模式，做事老是不按牌理出牌的河野也普遍受到大家的喜愛，所以校對部真的很和平。在現在的我心中，是無可取代的珍愛堡壘。

十年前成立校對部之際，我主動提出了調職申請。

——這些年來辛苦你了，我真的很對不起你。

調職前一天，文藝部長向我低頭道歉。畢竟我是「把本鄉大作帶到世人眼前的編輯」，締造過還算輝煌的功績。任職編輯十五餘年，也打造出了幾本暢銷作品。但是，我失去了家人。在三十歲結婚的妻子，在我三十四歲那年離家出走了。兩人之間沒有孩子。因為根本沒有那個時間。

——結果對你來說，工作還是比我更重要呢。

作夢也想不到自己會有從女人口中聽到這句台詞的一天。委實是老套到不行的台詞，卻也是無可撼動的事實。

但是，部長說的「辛苦了」並不是指這件事。前妻在離婚的一年後，就神采奕奕地再婚了。我也真心獻上祝福，希望她這次一定要過得幸福快樂。如今她已經是兩個孩子的母親，陪著外派海外的丈夫住在胡志明市，全心全意支持著丈夫（這些事情都是透過ＳＮＳ知道的。為什麼女人會對已經分手的男人送來交友邀請呢？）

這些年來辛苦了。這句話指的是與妻子離婚後不久，部長交接給我的一位作家。至少我是這麼解讀的。在部長心中，肯定也浮現了同一張臉孔吧。

森羅萬象的美麗與醜陋，天空色彩的流轉變化，水變作冰的瞬間，遠方琉璃色的鳥兒為了求偶所演奏的空靈鳥囀，甚至是幾億光年外恆星誕生的聲響，彷彿都能經由她的文字記錄下來，是位文筆和渲染力都異常過人的作家。榮獲明壇社舉辦的純文學類新人獎時，評審們甚至盛讚她是「清少納言的轉生」。儘管是純文學小說，出道單行本卻罕見地熱賣八萬本，很快就被無數編輯盯上，認定她是「可以賺錢的作家」。

部長一直想方設法要拿到她的書稿，但在擔任她的責任編輯一年後，卻收到了無情的宣告：「我才不會把原稿交給你。」言下之意，就是要交給景凡社並沒問題，但就是不想交給他。如此判定的部長下了痛苦的決定，把她交接給我負責。因為部長認為，他和我正好是截然相反的類型。

當時的社長從燐朝社挖角請來的部長，正好是很典型的「編輯」，但這沒有所謂好與壞。以現在的文藝編輯部來舉例，就是濱野那一型的編輯。很多事情他其實也都經過自己的考量，但觀察敏銳的人看了，就可以發現他的眼底沒有笑意，說的每一句話都只是表面做做樣子。

很多作家都告訴過我，我太老實了，沒辦法出人頭地。

——茸原，我很感謝你。可是啊，你應該再有野心一點。再這樣下去，你只會被人利用到沒有價值為止。

本鄉老師在獲得五十六獎時對我說過的話，正好最具代表性。那時候文藝還處在泡沫經濟時期，隨時都有用不完的經費。於是，沉溺在甜蜜的泥沼裡，本鄉老師也和其他作家一樣變了。從前稱呼我為「茸原先生」，不知不覺間變成了直呼「茸原」，作品依然有趣，卻也為了轉換成可以量產的套路，遣詞用字不再精雕細琢。

交接給我的那位作家櫻川葵，可以一眼看穿人的本質。想想也是當然，擁有那般敏銳洞察力的人，任何的偽裝在她面前都無所遁形。

——你的名字怎麼唸？Kinokohara Nagisane？

頭一次打招呼的時候，葵小姐接下我的名片，來回看著名片和我本人問。為了製造話題，我故意不在名片上的名字旁邊標註讀音。

——不是，我的名字唸作Takehara Syon。

——哇，好棒的名字喔。渚之音居然是唸作「Syon」，太棒了！

部長事先告訴過我，「這位作家非常難搞」。但是，她在那一瞬間露出的笑容卻好似太陽一樣耀眼，容貌本身就美麗得不像作家。微捲的極短髮造型好似年幼的㹴犬，只要她低下頭，就可以看見纖細的雪白脖子上間隔整齊的頸椎隆起；姣好的臉蛋小得彷彿可以一手握住，只要她仰起頭，整個世界就開滿了祝福的花朵。我擁有的字彙貧乏，只懂得用「妖精」來形容她清靈脫俗的美貌，整個人被她勾走了心神，好一會兒發不出聲音。回到公司，老實地向部長表達我的感想後，他就露出了不快的笑容說道：「大家都被她的外表騙了。美麗的花都有毒。」文藝編輯說話這麼陳腔濫調好嗎？當時我只覺得掃興。但是事實上，她的毒確實一點一滴地侵蝕了我。

出道之後，葵小姐六年來僅僅出過三本書。無論多麼出色的作家，只要不寫，就會被讀者遺忘。出版社也會認為「這個作家已經不寫了吧」，不再與作家聯絡。因為一定會再出現文風相同的作者，讓其他作者滿足讀者的需求就好了。

就在米岡與河野聊了勃起話題的兩天後，米岡邀我一起吃午餐。平常都是和河野，難得會找我呢——我感到納悶，原來是私底下有話對我說。

「部長，您以前是櫻川葵老師的責任編輯嗎？我查了責任編輯的資料庫，從部長以後就沒有再更新過了，您知道現在的責編是誰嗎？」

走進烏龍麵店一就座，米岡劈頭就問我，我嚇了一跳。前些天我才沉浸在回憶裡，而且這位作家已經長達十年以上都沒有出過書，還以為世人早就遺忘了，想不到竟然還有人記得。我內心不禁升起感激之情。

「……嗯，以前在文藝部的時候是我負責。我想之後應該沒有再分配新的責編給她了。」

我說完，米岡就點頭應道：「這樣啊。」思索了一會兒後，壓低音量說了：

「現在櫻川老師住進了我們醫院的分院。」

「咦？」

「聽說她本人要求過，不要通知任何人。但是，因為情況有點複雜，家父要我還是通知公司的人一聲。」

住院還加上情況有點複雜，讓人只能往最壞的方向想。我在腦海中勾勒出她年輕時美麗惡魔般的容貌，問道：

「……難道是她大吵大鬧，給你們造成了麻煩？」

「不，只是因為生病，所以時間不多了。據家父所言，還能再撐一個月都算長的了。因為是浸潤型的癌症，已經擴散到脊髓，無力回天了。」

「……」

我答不上話。但是，那個人不會長命百歲，其實也在意料之中。

葵小姐是那種會光著柔軟的雙腳，踮起腳尖走在結著薄冰的冥河邊上的人。噯，你再不伸手抓住我，我就要掉進河裡了唷。聽到她這麼說，抓住她冰冷的指尖，她卻會把你一起拉進地獄深淵裡。從前我總以為魔性之女只存在於小說和電視劇裡，是人類想像中的產物，卻發覺原來自己身邊就有這樣的人。

「大概一週之後就會開始注射嗎啡，到時候意識會變得模糊，話也說不清楚。所以在那之前，是不是可以至少部長出面去打聲招呼呢？櫻川老師好像一直都是孤單一人，從來沒有人來探望過她。」

看著說得一臉哀傷的米岡，我覺得他真是好孩子。如果他當的不是校對員，而是和我一樣，曾被那個人百般折磨過的編輯，還說得出一樣的話來嗎？我有絲壞心眼地這樣想著。不過，從我口裡說出的話語卻是：「知道了，我今天就過去一趟。」

午餐吃完了尼泊爾咖哩烏龍麵，回到位置，打開抽屜。在送校對前我自己私下做的，葵小姐第三本也是最後一本著作的書背躍入眼簾。「蒙眼所見的盡頭　櫻川葵」，雪白的封面上是一行黑色明朝字體，只是看了一眼，胸口就痛得無法呼吸。幾天前碰巧想起了她，也許就是一種不祥的預兆。

葵小姐，妳對我曾經那麼殘忍，現在卻要自己默默迎向死亡嗎？葵小姐，我絕對不會讓妳得逞的。

換了責任編輯以後，正如部長的推測，我頃刻間一躍成為了櫻川葵「中意」的編輯。當時眾出版社男性編輯對我的嫉妒，絕非三言兩語可以道盡。葵小姐因為年輕又容貌出眾，當時各家出版社都躍躍欲試，想把她打造成以「外表」為賣點的作家，但本人卻對此深惡痛絕，只有在刊登了得獎訪談的《文藝明壇》上公開過一次照片，除此之外網路上找不到半張她的照片。

而今，那位美麗的惡魔正躺在樸素的病床上，身型消瘦，靜靜地發出均勻的呼息。儘管蒼白的臉蛋上眼窩和臉頰都往下凹陷，但還是看得出年輕時期的美貌。

想不到居然是本人親自過來，現在還是犬子的直屬上司。犬子一直承蒙您的照顧，感謝您的包容。

——不會不會，我才一直承蒙令郎的照顧呢。

院長，也就是米岡的父親親自帶我走到葵小姐的病房。聽說總院的院長是米岡的爺爺，分院是父親，第二分院則是由叔叔擔任。雖然老是忘記，也令人擔心後繼問題，但其實米岡是有錢人家的少爺。父親和米岡十分神似，是位斯文穩重的中年男子。據他所言，葵小姐的錢包裡就只放著一張老舊的名片。上頭印著「景凡社　文藝編輯部　茸原渚音」，也就是我的名片。而且名片背後還寫著潦草的字跡：「我死後請聯絡這個人。」

待院長走出病房，我便坐在椅子上，端詳葵小姐的睡臉。明明大限將至的人不是我，那五年來被這個人耍得暈頭轉向的記憶，卻如跑馬燈般重新湧現。

……葵小姐。

我沒有打算出聲。但是，葵小姐卻在我的呼喚下張開雙眼。然後，臉龐慢慢地轉向我這邊。

「……渚音，你怎麼在這裡？」

沙啞的嗓音聽來顯得膽怯。葵小姐想往後縮，痛得發出呻吟。啊啊，病情這麼嚴重嗎？我差點想要伸出手，強忍了下來。

「妳運氣太不好了。這間醫院，是我下屬的父親開的。所以他們才在妳死之前……聯絡了我。」

我努力想保持冷靜。但是話才剛說完，呼吸就不順暢，喉嚨逸出嗚咽聲。葵小姐伸出宛如白樺細枝去了樹皮般的枯瘦手臂，指尖觸碰到我的臉頰。我握住她的手，壓在自己被淚水沾濕的臉頰上。

「葵小姐。」

「為什麼是你在哭？」

「因為，我一直很想見妳一面。」

「明明離開我的人是你吧？」

「是妳讓我不得不離開的。」

「……」

「葵小姐，我一直很想再見到妳。但是，不想在這樣的情形下。」

「……渚音。」

「倒不如在很遠很遠的地方，遠到我一輩子也到不了，甚至也沒有任何人發現，就這麼死在路邊就好了。」

這樣說是很過分。但是，對比她從前對我的所作所為，不過是冰山一角。將死之人的乾枯手指，有如帶來福音的女神，溫柔地拭去奴隸的淚水。

真要說起來，我屬於陰沉又不起眼的人，所以直到現在，我還是不明白為什麼那麼美麗的人會對我那般執著。

「部長，有什麼事嗎？」

來拿要交給總務部的備品申請單的河野一臉納悶地問。雖然做事老是不按牌理出牌，畢竟也是女孩子。而她今年二十五歲，正好是葵小姐獲得明壇社新人獎那年的年紀。

「河野，我問妳，『只是被愛還不夠，最好再說一聲愛我。因為入土以後，可以盡情體會寂靜的世界』（註10）——這句話妳會怎麼解讀？」

葵小姐曾在短篇的散文裡頭，引用從前女作家假扮為男性作家所寫出的這句名言（註11），所以我提出來問河野。

「不就是字面上的意思嗎？但我認為死了以後，才沒有什麼寂靜的世界呢。」

「妳真是實事求是，沒有浪漫細胞耶。」

「因為我相信靈魂會回收再利用啊。」

「什麼意思？」

「人死了以後，靈魂會為了下一次出貨搭上回收生產線啊。到時候一定很吵，寂靜根本只是幻想，而且還要修理損壞的零件，把靈魂清洗乾淨吧。就像是加油站裡面那個會咻咻轉動的清潔機器。」

「有輪迴觀這麼前衛的宗教嗎？」

「只是極樂世界的技術也變現代化了而已。我覺得自己的前世，應該是烏鴉、松鴉或者緞藍亭鳥這種有收集癖好的小鳥喔。」

怎麼……覺得她已經大幅偏離了所謂樂觀的年輕人呢？

「極樂世界是從輪迴當中解脫的人去的地方喔，所以照妳的說法……應該是五趣六道的技術才對吧。」

「……我會再確認。」

看來去年負責的佛教小說校樣對她造成了很大的影響。

當場為河野填寫的申請單蓋上印章，投進社內專用的信箱。河野一臉不能苟同地回到位置上。而我雖然在工作，雙眼卻老是看向桌上的時鐘。

院長說了，只打一般的止痛劑，通常最多撐上四天就是極限了。最終患者會因為忍受不了疼痛，而開始改為注射嗎啡。因為年輕，癌症擴散的速度也快。罹患的又是抗癌藥劑治療

註10：原文為「I like not only to be loved, but to be told I am loved. The realm of silence is large enough beyond the grave.」

註11：指用筆名喬治．艾略特（George Eliot）發表作品的英國小說家瑪麗．安（Mary Ann Evans），1819-1880。

只會讓患者更加痛苦的癌症，所以如今只剩下等死一途。米岡憂心忡忡地注視著不斷嘆氣的我。

一等時鐘顯示為下班時間，我就從座位上站起來。

——我討厭花。因為枯萎的時候，讓人好心痛。

聽說參加新人獎得獎慶祝會的時候，葵小姐這麼說道，拒絕收下別人遞來的花束。這樣的她，病房裡也沒有見到半朵花。現今的技術比起當時已經發達許多，有些市售花束經過加工處理，永遠也不會枯萎。我去花店拿了白天預訂的花束，然後搭上計程車，一路直奔醫院。

擔任責編的那時候，我也像現在這樣不停地收到葵小姐的召喚。無論半夜還是清晨，聽到她威脅說「你不在三十分鐘內趕來我就自殺」，就只能火速趕往。要是她自殘傷到了額頭和小腿，就要替她包紮傷口；要是她大搞破壞亂砸東西，就要替她收拾房間；要是她哭著說想睡也睡不著，就得陪在她身旁直到她入睡。手機的普及為人們的生活帶來了便利，同時卻也剝奪了個人自由的時間。

——你只能接我的電話。如果想要我的稿子，就只能當我的責任編輯。

她每說一次就摔一次手機，總共被她摔壞了二十八台，最終我再也申請不到公費，只得自掏腰包買新的手機。

你可以不用再管櫻川葵了。就在被摔壞第二十台手機的時候，部長對我說了。當時我成為她的責編已經有三年半的時間。儘管不至於住院，但因為過著極不規律的生活加上睡眠極度不足，身體早已經千瘡百孔，好幾次還口吐鮮血。但都到了這種地步，我卻連篇短篇的稿子也沒有從她手中收到過，明明說好會給我的兩百張書稿，也莫名其妙地交到了燐朝社的手上。

——因為要是把稿子給你，渚音就再也不會來見我了。

這就是她把書稿交給燐朝社的理由。

——沒有這回事，我向妳保證。所以，請向他們拿回來吧，拜託妳了。只要還沒有發給印刷廠，就還來得及。

——你騙人！編輯全都只喜歡我寫的稿子而已，反正渚音也一樣。你根本不喜歡我，只愛那些稿紙吧！

——我沒有騙妳。到底要我怎麼做，妳才肯相信我？

——那現在在這裡和我一起去死。渚音先死，我馬上就隨你而去。

當時我們正在豬苗代湖的中心，站在租來的小船上。經由其他出版社編輯的告知，我才知道葵小姐把書稿給了燐朝社，急急忙忙打了電話給她，結果她就說：「你想要稿子的話，現在就到福島來。」在那之前，她動輒就把「我要去死」、「你去死」這些話掛在嘴邊，但想不到她會在這種真的有可能死掉的情況下要我去死。葵小姐站在搖搖晃晃的小船上，粗魯地拉扯我的圍巾。

——反正渚音也只是嘴上說說而已！你從以前到現在主動打過電話給我嗎？我把書稿給了燐朝社以後，你才第一次主動電話打給我，到頭來你也只是想要那些稿子吧？只要稿子給了你就結束了，就算我消失了也無所謂！嗳，我到底算什麼，是為了什麼才活在這個世界上！

小船大幅傾斜，晚秋時分冰一般寒冷的湖水濺上了暴露在空氣中的手背和臉頰。

對編輯來說，作家確實就只是把書稿生出來的存在。再用作家的書稿換取金錢，領到薪水。可是，我真的只因為這樣就願意面臨這種生死關頭嗎？甚至不惜吐血也要對她唯命是從嗎？

……不對。我沒辦法為了錢賭上自己的性命。

放開船槳，我握住葵小姐冷得透徹的細瘦手腕。

——我知道了，一起死吧。

聽到我這麼說，拉扯著圍巾的手放鬆了力道。

——可是，我不想在這裡。溺死的屍體太醜陋了。我希望葵小姐在美麗的狀態下死去，所以先回到陸地上吧。我會在附近訂房間。

葵小姐緊咬唇瓣，良久過後點了點頭。

在恍若與世隔絕的病房裡，葵小姐和昨天一樣安靜沉睡。把不會枯萎的鮮花裝飾在窗邊，我伸出指尖，輕撫過葵小姐和透明的蒼白花瓣如此相似的眼皮。對我的輕撫產生反應，只有眼皮微微顫動。她的長睫毛搔過我耳朵的記憶伴隨著痛楚，一起在腦海裡復甦。

那一天，夕陽在落入湖面前灑下餘暉，我們在籠罩著葡萄色暮靄的房間裡第一次合而為一。只有這條路可走。男人與女人為了了解彼此，最簡單又最具毀滅性且最接近地獄的方法，我認為就是上床。這三年半以來，葵小姐奪走了我的一切。不光自己個人的時間，就連心也被她連根拔起。所以，我一直沒有和她發生關係。一旦上了床，我覺得我們之間「作家與編輯」的關係就會劃上句點。就這點而言，倒是和葵小姐「交出書稿就結束了」的想法雷同。

——其實我很渺小。每一次寫出文章，就變得越來越渺小。再繼續寫下去的話，我總有天會消失不見，總有天會死的。

所以要愛她，把她捧在手掌心上，甚而把自己的血肉乃至一切都奉獻給她。

葵小姐就像對愛情和食物索求無度的孩子，不論結合多少次，她都不感到滿足。跨越深鎖著無盡絕望的夜晚，看見了世界初生般朱紅色的朝霞。我感到不可思議，究竟在她這麼纖瘦的身體裡，哪個地方存有能夠一再接納情欲的容器？

後來我們的關係持續了一年，在這一年裡，葵小姐著了魔似地埋頭寫出了換算成稿紙後多達一千兩百張的巨作。作為比較的參考，《校對女王》第一集換算成稿紙是兩百五十七張。早知道能夠這麼簡單就讓她動筆，我就會早點和她上床了——至於曾有一瞬間閃過這種想法，是我心中永遠的祕密。由景凡社出版的《蒙眼所見的盡頭》，算是以自身經歷為背景寫成的私小說，談及了她在那之前絕口不提的前半輩子。

作家之中，有不少人都有身心內科上的疾病。當然所有人都不是自願變成這樣，是因為幼年時期的經歷留下了精神創傷，或者腦內某些特定物質明顯缺乏，才會苦於無法過著正常人的生活。葵小姐也是其中一人吧。小說裡頭，生動細膩地描寫了主角從八歲到二十三歲為止在隔離病房裡度過的十五個年頭。被強行注射入睡的藥物，醒來後體內再被塞進氣球導管，全身遭到綑綁無法動彈。除了吃飯時間以外，平常都無法自由行動。就算想死也死不了。住在大通舖時，可以獲得片刻的安寧，但只要稍微出了問題，又會毫不留情地被送回隔離病房。院內補校教育的學習內容。不再來探望的父母。疼愛的年幼孩子的自殺。護理師的虐待。她從來沒有出外採訪過，我也沒有給過她任何參考資料。書中的內容，只有在內部待過的人才寫得出來。

再繼續寫下去的話，我總有天會消失不見，總有天會死的。

正如葵小姐所言，把自身的靈魂悉數化作了文字的她，在完稿以後變作了一具空殼。不單作家，一旦創作者變成了空殼，對於用錢買下其創造物的買家來說，就等同於是暫時性或者永久的死亡。由於葵小姐極度厭惡原稿被他人觸碰，所以我花了兩個月以上的時間自己訂正校對。這是她的第三本書，也是她的遺作。她再也寫不出能夠超越這本書的作品了吧。

印刷廠寄來樣本的那天，我前往葵小姐的住處送給她。

——這下子就結束了呢。

葵小姐用雙手接過雪白的封面上印著簡單黑色明朝字體的厚重樣書說，淡淡地笑了笑，指尖撫過書的表面。

——這才不是結束。葵小姐，再寫出更多的作品來吧。就算要花上很長的時間，我也會一直等著妳的作品。

連我也覺得自己真是虛偽，但還是只能這麼回答。葵小姐聽了沒有回話，把書放在桌上，撕開我帶來慶祝的葡萄酒包裝，說了句「準備一下酒杯吧」。

我走向餐具櫃，打算拿出放在上層、葵小姐特別鍾情的九谷和酒杯。葵小姐不知道什麼時候走了過來，從背後抱住我。

——抱歉，我馬上就準備好。

——噯，渚音，你曾經喜歡過我嗎？

她的聲音細弱又沙啞，我猶豫著該怎麼回答。沒有什麼曾經。因為在那個當下，我的人生只屬於葵小姐一個人。我的遲疑只是不知道該怎麼說出事實，但是——

——對不起喔，渚音。這段日子謝謝你陪我。

葵小姐說。然後，在她鬆手放開我的那一瞬間，從未體會過的尖銳劇痛貫穿了我的背部。

要是那個時候能夠毫不遲疑地說出我愛妳，我們就能一起共度今後的人生了嗎？不，事情大概沒有這麼簡單吧。

刺傷了我以後，葵小姐先打給了我的上司，也是以前曾是她責編的部長。然後，再打電話叫了救護車。幸好就住在附近的部長立刻叫了計程車，十萬火急地趕到葵小姐家。他一打開沒有上鎖的大門衝進屋裡，就發現葵小姐也用菜刀刺進了自己的腹部。為了包庇葵小姐，部長向趕到的救護人員表示現場情況純屬意外。在瞞天過海下，作家引發的案件通常不會公諸於世，但要是我在那個時候當場死亡，葵小姐就會成為世人口中的殺人兇手吧。真是幸好保住了小命。

我醒來時，人已經在醫院了。葵小姐被送到了另一間醫院。

——害你遇到這種事，我真的很對不起你。都怪我讓你去當她的責編。

部長再三向我低頭道歉。我一直以為自己只是無足輕重的小卒，這才發現原來自己其實相當受到重視，所以雖然在那種情形下實在有點少根筋，但我心裡有些高興。而且根據醫生所言，傷口只要再偏幾公分，我可能就會一輩子半身不遂。當下我一樣少根筋地心想，這真是所謂不幸中的大幸。

我整整住院了兩個月。由於部長沒有向外人透露我遇刺一事，所以同事和負責的作家們，單純都以為我只是生病住院。也很感激部長為我謝絕了所有探望的請求。

在漫長的住院生活中，每次一想到不知道葵小姐現在怎麼樣了，被她刺傷的傷口就會隱隱作痛。儘管遭遇到這種事，我卻一點也不恨她，反而無法遏止想見她的渴望。想聽她用撒嬌的聲音呼喚我「渚音」，回想起她崩潰地吶喊自己寫不出來的模樣，現在只覺得心疼，想要馬上將她緊緊攀著自己的嬌小身軀擁入懷裡。

然而在我出院以後，葵小姐的電話號碼已經解約，也搬離了原先的住家，連去另一間醫院探望了她好幾次的部長，也不肯把她出院後的下落告訴我。

——茸原，放手吧。現在書的銷量很好，你不需要再把這些事情攬下來。

——可是，就此失聯的話，葵小姐會很難過的。我真的不介意。

——你這白痴，動點腦子吧！要是再發生一次同樣的事情，這次我就再也壓不下來了！

出版了那麼引人熱議的作品，卻又毫無理由地拒絕所有櫻川葵的採訪，各大報章媒體早就已經起疑心了，你也要站在公司的立場想一想。要是被報社或電視台挖出「櫻川葵刺傷編輯」這種醜聞，我們就算向負責賺錢的女性雜誌部門跪下來磕頭也不夠！

聽了部長的話，在身為一個男人之前更是一名上班族的我，也只能沉默下來。假使我在那個當下放棄當公司員工，而是成為自由接案的編輯，也許結果會不一樣吧。

——如果想要我的稿子，就只能當我的責任編輯。

只要成為自由接案的編輯，也許就能實現葵小姐的這個心願了。但是，當時的我既沒有勇氣辭掉工作，也還沒有足以自立門戶的實力。

但是，難道就不能想點辦法實現葵小姐的心願嗎？

就在我苦苦思索的時候，公司下令成立校對部。聽說幾年前上層就在討論這項計畫，但在傳達到基層部門的時候，這件事就已經拍板定案。

——這些年來辛苦你了，我真的很對不起你。

調職前一天，部長向我低下了頭。不知道部長已經是第幾次低頭道歉了，但我一如既往回答「沒關係」，最後只表達了一個請求。

——部長，我想拜託您一件事情。其他作家我會交接給其他編輯，但是，只有櫻川葵老師，請讓我繼續擔任她的責編。

——……我知道了。

我不知道部長是否知道我和葵小姐之間的關係。但是，他什麼也沒有問就點頭答應。

……所以啊，現在我負責的作家，就只有妳一個人喔，葵小姐。

不知有意還無意，睡著的葵小姐回握住了我的手。為什麼就沒有一條路，是我們可以一起攜手走下去的呢？銷聲匿跡以後，我無從得知她至今都過著怎樣的生活。

「葵小姐。」

聽見我的呼喚，葵小姐微微睜開雙眼。混濁的眼眸凝視著我。

「渚音。」

「葵小姐，快點恢復健康吧。到時候，我們再一起去豬苗代湖，我會努力划船的。」

「……渚音，你真溫柔。」

「和葵小姐相比，幾乎所有的人都很溫柔喔。」

如果還是以前的她，大概一巴掌就飛過來了吧。但是現在的她，只是從喉嚨深處發出笑聲，然後在躊躇片刻後開口問了：

「……你曾經喜歡過我嗎？」

當年問過我的，也讓我在人生當中留下了最大後悔的問題。這一次我不再遲疑，不假思索地回答：

「喜歡喔，現在也只愛著妳一個人。」

葵小姐露出了花兒般燦爛的笑靨，說著「你真傻」，再度沉入夢鄉。

隔天開始了嗎啡注射。鎮日沉睡的葵小姐不再回答我的問題。和一言不發的葵小姐一起共度週末，星期一開完會，我才發現醫院的來電。回電的時候，葵小姐已經嚥下了最後一口氣。

我和陪同的米岡一起前往太平間，為她點香。看見消瘦得有如蠟像的葵小姐，米岡稱讚道：「這位老師真漂亮。」

「是啊，她以前非常美麗。」

話一說完，眼淚就滑了下來。連我也覺得自己真蠢。未曾間斷地對我口出惡言，還經常對我拳打腳踢，末了還捅了我一刀。但是，與葵小姐共度的那些日子，依然清澈不帶雜質的美麗。見我哭泣，米岡含蓄地拍了拍我的背，然後說著「雖然現在好像不是適當的時機」，從身上的公事包裡拿出厚約一公分的牛皮紙信紙交給我。

「家父只是要我代為轉交，所以我沒有看裡面的東西。好像是在整理隨身物品的時候找到的。」

信封上印著這間醫院的名字。我接下信封，拿出裡頭的東西，是一疊用長尾夾夾起來的Ａ４紙張。角落和邊緣都變得破破爛爛，大概是一直帶在身邊吧。我吸著鼻水翻開紙張，只見上頭密密麻麻地寫滿了文字。

「葵小姐……原來妳一直都在寫……」

淚水又溢出眼眶，文字變得模糊。米岡再輕拍了拍我的背，安靜地走出房間。

在日光燈的青白亮光下，我看起那份原稿。故事裡出現的男主角感覺和我很像，女主角則和葵小姐南轅北轍，是名性情溫和的女子。兩人相遇之後，儘管一直發生大大小小的衝突，卻也日積月累地孕育出了向陽處般溫暖的愛。這個故事大概是葵小姐夢想中的未來吧。真希望在自己眼前靜悄悄死去的葵小姐會跳起來大喊：「很丟臉耶，不要看啦！」但很遺憾，葵小姐終究一動也不動。

看到一半的時候，聽見敲門聲，一名身材與米岡十分相似又戴著眼鏡的青年走進來。米岡也隨後走進房間。

「很抱歉打擾到您與故人別離，還請節哀順變。我是葬儀社的業務員。」

「啊……你好。」

「部長，不好意思，他是以前和我同所大學的朋友。」

「我是米岡的朋友，敝姓木崎。」青年說著遞出名片。接下社名寫著「黑真珠葬儀社」

——真不知道是認真的還是開玩笑——的名片，瞬間戴眼鏡的青年看向我身後。

「……不好意思，請問您是否做了什麼會觸怒故人的事情呢？」

「咦？並沒有啊……」

「抱歉問了這麼奇怪的問題。因為我是看得見的體質，故人正很生氣地說：『很丟臉耶，不要看啦！』啊，不過，就算生氣還是很美麗呢。」

我沒有任何懷疑，不由得也循著青年的視線回過頭。

剎那間，我好像看見了氣得漲紅了臉的葵小姐。

今天的校對部也很安靜。晌午過後，校對部內瀰漫著與外界完全隔離開來的崇高靜寂，卻在正宗出現後被打破了。

「大家好——！我是凹版印刷的業務員正宗——！」

「正宗，你吵死了！以為自己在外送拉麵嗎！」

即使被資深的校對大叔這麼怒吼，正宗依然面不改色，說著「對不起——」然後走到我旁邊。

「部長，印好了！雖然已經努力減少錯字，但因為是在機器可以辨識的範圍內掃描文字，所以還是免不了有幾個錯字。還請您仔細檢查吧。」

「謝謝你。」

我從他手中接過嶄新的校樣。

「是新人作家嗎？沒有聽過這位作家的名字呢。」

「嗯，雖然她已經不是新人了。」

這是我自己花錢發印，並無打算上市出版的單行本校樣。因為沒有電子文字檔，所以我請印刷廠從紙本原稿掃描成電子檔。

眼見正宗往雜誌校對組的大桌子移動，我才打開校樣。同時，河野拿著《K-bon》的紙本校樣走過來。其實也不需要覺得心虛，但我不由自主闔上校樣。

「噯，部長，這個說明是對的嗎？」

河野少見地悄聲說話，在我面前放下校樣，用有著閃亮亮指甲的指尖指出她感到疑惑的地方。是連載小說中關於腹股溝癬的描述。怎麼又讓女孩子校對這種內容呢？

「我查過了，這種黴菌好像不會感染到陰囊耶。如果是陰囊會癢，那是陰囊濕疹。可是，書上寫說腹股溝癬『很少會感染到陰囊』，受感染的可能性極低。我應該照舊？還是修改？我覺得這是很敏感的問題，要是作者說的是事實，我隨便用鉛筆修改的話，可能會傷到作者的自尊心嘛。身為同年紀的男人，部長覺得呢？」

「……那就照舊吧。」

應該說，妳體貼的方向完全錯了喔，河野。

河野在我面前用橡皮擦擦掉鉛筆寫下的註記，突然間說了句「好漂亮的名字喔」。

「咦！腹股溝癬嗎！」

「不是啦！我是說那位作者的名字。真難得看到部長負責文藝作品的校對耶。」

「啊……嗯，因為發生了不少事情。」

大概是不自覺露出了遙望遠方的眼神吧。河野也模仿我的表情說：「發生了不少事情嗎～」

「部長，感覺你有一段很複雜的過去呢。」

「咦！我看起來像那種人嗎？」

「因為你表現出來的穩重和溫文，感覺就很可疑嘛。搞不好很會惹女人哭泣。」

好敏銳的觀察力啊！不不不，才沒有呢——我笑著想打哈哈，河野就指謫道：「看吧，就是現在這樣。」我忽然想起之前的對話，問她：

「對了，河野，妳之前說過靈魂會回收再生吧？妳覺得人死後最快多久就會回到這世上？」

「大概五十天吧？」

「好快！七七四十九天結束以後，隔天馬上就投胎了嗎？」

「一天就夠了吧，因為現在什麼都現代化了啊。」

「真可疑……」

「部長才可疑呢。」

河野拿起校樣離開後，我看向桌上型月曆。要是相信河野的理論，葵小姐最快再二十天就會重新誕生到這世上。如果這一次她也投胎為人類。如果這一次再度成為作家——

心懷祈求，我再度打開永遠也不會問世的單行本校樣封面。

番外篇
皇帝的寢宮

悅子的研習筆記 其之十二

【正字】正確的字。通常以《ㄎㄤ ㄒㄧ（漢字太難了我不會寫）字典》為基準。例如「掴」的正字是「摑」，「噛」的正字是「嚙」。景凡社在出版文藝作品的單行本時，只要作者沒有特別指明，都會用紅筆校對正字，但如果是雜誌，直接維持俗字（正字的反義詞。有時還會寫簡字）送印也不在意。不過，還是盡可能改為正字比較好。

——我要去見見你那些外遇對象。

只留下一行留言，妻子亮子就離家出走了。不是挑本鄉不在家的時候，也不是趁他洗澡的時候，一早起床，亮子就不見了。從前去法國時本鄉買給她的老舊旅行箱從儲藏室裡消失了蹤影，打開衣櫃一看，也隨處可見冬季衣物被帶走的痕跡。

這下子可怎麼辦？

儘管四下無人，本鄉還是佯裝平靜，靜靜地掩上衣櫃門扉。但是，心跳明顯加快，腋下也開始冒汗。

他並沒有外遇。無論本鄉怎麼解釋，懇求亮子原諒自己，但亮子始終不相信，也不肯原諒他。過去犯下的唯一一次錯誤，多年來一直都啃蝕著亮子的心靈吧。

這種時候該怎麼做才好？本鄉並沒有可以商量的對象。大學母校懸疑推理研究會的同窗們口口聲聲說著本鄉是母校之光，因為他成為職業小說家出道以後，三十年來持續都有作品出版問世。但是，其實心裡都巴不得本鄉早日從他們可望而不可及，可謂聖域的文壇上跌下來。要是本鄉回到研究會，他們肯定會一派悠然地露出得意洋洋的笑容說：「看吧，你果然沒有『真正的才能』。」一聽說女人間的嫉妒很可怕，但是男人間的嫉妒更是根深蒂固，棘手又難纏。相同領域的作家們表面上相處融洽，互相稱作朋友，其實也是競爭對手。聊天的時候除了談論工作，絕不會觸及彼此私人的生活。

看到掛在牆上的全身鏡裡，自己身上灰色T恤的腋下部位因為汗水變了色，本鄉心想總之要先冷靜下來，於是走到一樓客廳，坐在椅子上點了菸。接著，打開一直放在餐桌上的黑色皮革行事曆。

「凶器：乾冰」、「凍傷的溫度？」、「推定死亡時間有改變嗎？」

……拿錯了，這本是伏筆記錄簿。明明四下無人，本鄉還是極盡能事地佯裝平靜，一臉若無其事地把伏筆記錄簿放回桌上，再打開另一本款式相似的行事曆。沒有什麼特別意義地確認近幾天的行程，然後驚覺到某一件事，本鄉皺起眉頭。

……糟了。

明天明壇社的編輯會送校樣來家裡。

平常若有編輯上門，都是由亮子招待他們。如果說亮子感冒沒辦法接待他們，這個藉口行得通嗎？但是，以前不管有沒有感冒，甚至是得了流感，亮子照樣會出來露臉，也因此曾經把流感傳染給編輯。那時候真是對不起他們。

本鄉把變短的香菸捻熄在菸灰缸上，等著前端的朱色火光完全消失以後，才移動到作為工作室使用的書房。打開電腦，點開郵件信箱，寫了封電子郵件告訴明壇社的責任編輯，亮子因為流感臥病在床，所以不用親自跑一趟，直接用傳真把校樣傳過來吧。記得之前被亮子傳染了流感的人，也是這名男編輯。按下寄信鍵，打開將變作校樣寄過來的電子檔原稿，沒有來由地擺出確認的動作，過了五分鐘後，收到了「我知道了」的回信。時間戳記顯示為十二點十五分。這時間對編輯來說還是早上。

那麼，這下子可怎麼辦？

本鄉再一次在心裡嘀咕，仰望天花板。與之同時，電話響了。鈴聲響了幾次以後，轉入傳真模式。放在書桌角落的複合式影印機吐出了一疊A4紙張，是在週刊雜誌上連載的專欄校樣。拿起紙本校樣，本鄉忽然想到。

……記得只要按時吃藥，流感一週左右就會好吧？

但亮子真的會在一週內回來嗎？萬一沒回來，被編輯他們亂嚼舌根，自己在業界中以「疼愛妻子」出了名的好丈夫形象不就毀於一旦？這個業界本來就小了，編輯們的嘴巴更是和剛交完稿的作家身心一樣鬆。

這可怎麼辦？煩惱的同時，他也發覺自己比起妻子離家出走，更絞盡腦汁在設法保全自己，不由得對自己有些厭惡。預想到接下來一個小時左右，精神狀態都無法好好工作，本鄉便從信件收納盒裡抽出昨日剛收到的文藝雜誌，用拆信刀切開封口。瞥了一眼目錄，頓時感到疑惑。連載陣容當中，少了有森樹李的名字。接著更發現角落補充了一行小字，說明有森樹李因身體不適暫停連載。

……對喔，還有這一招。

本鄉站起來，把手機、錢包和菸塞進口袋，再走進臥室，拿了好幾件內褲與襯衫就往行李袋裡頭塞。

因為平常會請編輯開車載他到高爾夫球場，所以責編們都知道愛車ＢＭＷＭ６Cabriolet的車號。作家與編輯的行動範圍不僅小，甚至彼此重疊，要是被他們發現自己的車子停在某個停車場，就會被發現「本鄉大作人在某某地方」。本鄉來到大馬路上攔了計程車，抱著成了逃犯的心情眺望窗外。如果是坐電車長途旅行，就會更有在玩逃犯遊戲的真實感，但計程車不到十五分鐘就抵達了目的地，還沒醞釀好悲壯的情緒就不得不下車。本鄉心情鬱悶地站在帝國大飯店的櫃檯前，這裡也是他和妻子兩人初次結合的所在。請熟悉的服務員確認亮子是否正下榻這間飯店，得到「沒有」的回覆後，本鄉坐困愁城。他一點計畫也沒有。

「……之後內人也會過來，我先進房間吧，一樣１２２８號房。」

「知道了，本鄉先生。和往常一樣１２２８號房對吧？請問您這次預計會待上幾天呢？」

「我想想……就先訂兩星期吧。」

「請問需要預約用餐，和為夫人安排ＳＰＡ行程嗎？」

……少多管閒事。已經在這裡工作多年，年紀也有四、五十歲的櫃檯服務員鈴木並沒有惡意，但本鄉還是忍不住在心裡咒罵。勉強隱瞞了「妻子失蹤」的事實，在對方的帶領下走進房間，房門關上的同時，本鄉一頭倒向床鋪。接著從口袋裡掏出智慧型手機，躺在床上查看電話簿。他試著從成排的文字中找出亮子可能會前往的地方，但老實說一點頭緒也沒有。

他翻個身改變姿勢，仰望高挑的天花板。

——我一定會讓您成為日本首屈一指的作家。

事隔多年，本鄉忽然想起了亮子說過的誓言。

——所以，請讓我留在您的身邊。我會全心全意輔佐您。

說著這些話時的亮子雙頰緋紅，表情泫然欲泣，哪有人拒絕得了她呢。可是，他都還沒有成為日本首屈一指的作家，她現在究竟跑到哪兒去了？

會認識亮子，是因為本鄉母校Ｊ大的懸疑推理研究會，與從前就頻繁交流的亮子母校聖妻女子大學的文藝同好會，共同舉辦了兩校校友聯合健行。Ｊ大懸疑推理研究會的水平遠遠比不上Ｗ大和Ｋ大，除了本鄉以外，沒有畢業生成為職業小說家出道。因此在健行活動上，剛出道的本鄉儼然成了聖妻女學生間的偶像，走到哪裡都有人簇擁。待遇堪比當紅偶像，彷佛他也是「田原三重唱」（註12）的一員。感受著男人們箭雨般殺氣騰騰的嫉妒眼神，不可否認他當下完全沉浸在世俗的優越感中。

J大的懸疑推理研究會成員多是理科學生，他們寫的小說比起小說，更像是「技術文件」。悉心鑽研各種懸疑推理小說的寫作技巧，卻相對地不擅長描寫人物。與他們相比，本鄉更善於描寫「人物」和「情節」，儘管身邊的同儕全把他貶得一文不值說：「你寫的東西才不是真正的懸疑推理小說！」但他還是在二十七歲就出道了。哪怕走邪門歪道，能成為職業小說家的人就贏了——本鄉是這麼認為。

但是，出道後過了五年，本鄉卻始終沒有半本作品大賣。當時年輕的小說家只要頂著這個頭銜，（酒吧的）女人就會猛獻慇懃，也因為（酒吧的）女人會很高興，編輯們也帶著本鄉走進一家又一家店。只要有一個小說家在場，所有酒錢都可以向公司報公帳。為了喝酒吃肉、大啖美食，本鄉一直被編輯們當作幌子，五年來跟著他們吃吃喝喝，自己也一點一點地向下沉淪，恍然回過神時，他都已經三十出頭了。懸疑推理研究會的同儕各個都在任職的企業裡身居要職，負責培訓年輕的下屬。同年紀的女人們也早就生了孩子，甚至有些已經要上小學了。

……我這幾年到底都在幹嘛啊？

世界突然褪色成一片黑白，化作令人不敢直視的現實，攤在本鄉的眼前。就是在這時候，他接到了亮子的電話。五年前他在聯合健行活動上把電話號碼告訴了許多女學生，好一陣子每天晚上都會接到電話，但是一年後、兩年後，甚至是五年後還會打電話給他的人，就只剩下亮子。

——嗨，好久不見啊。

本鄉盡己所能地擺出高傲的姿態說。在會打電話來的女學生中，亮子特別內向，儘管和其他女學生約會過了好幾次，他卻還從來沒有和亮子兩人單獨見過面，五年來一直只維持著講電話的關係。

——本鄉先生，今天是您的生日吧？

——……對喔。

——生日快樂。

三十二歲的生日沒什麼好慶祝的。聽見電話另一頭顫抖的話聲，他不禁苦笑，回答她「謝謝妳」。

——妳現在是幾歲了？

註12：田原三重唱」指1980年代三名傑尼斯旗下成員因出演《三年B班金八老師》而走紅，便組成「田原三重唱」，分別為田原俊彥、野村義男和近藤真彥。於1983年解散。

——今年二十四歲。

對話無法持續，兩人都沉默下來。有沒有交到男朋友啊——正想像個瀟脫的男子漢開口這麼問她時，另一頭傳來簡短的「請問」這句話。

——等一下我會到一服廣場等您。直到本鄉先生來為止，我會一直等您。

啊？那是哪裡啊？但在他反問之前，電話就掛斷了。

聽起來像是某種購物商場的衣服廣場，原來是指「一服廣場」。因為不曉得亮子在說什麼，本鄉打電話請教了編輯才知道。在鄰近日比谷公園的一處角落，因為「服」與「福」同音，所以年輕女孩子之間都認為這裡是能夠得到幸福的場所，轉而變成相信這裡是可以實現戀情的地方。

類似於一起在井之頭公園搭船，戀愛就會實現這種迷信嗎？不對，還是搭了就會分手？搞不清楚是哪邊。

年輕女孩才有的青澀讓人感到很難為情，好像連皮膚底下都癢起來，但本鄉還是決定先前往編輯告訴他的地點。晚秋的黃昏時分相當寒冷，走下計程車時他心生後悔，早知道該穿大衣來。

東京的夕陽已經完全西下，一服廣場出乎意料的遼闊，寒冷的天氣下還是有不少人來到這裡。環繞著小小的噴水池，成雙成對的情侶坐在散落於四周的長椅上，肩膀挨著彼此。他們一定正用輕柔的嗓音互相說著甜言蜜語吧。人雖然來了，但本鄉完全想不起來只在五年前見過面的亮子長什麼樣子，而且天色也暗了，根本看不清他人的長相。本鄉閒得發慌，掏出口袋裡的菸，想用鎳銀合金材質的ZIPPO打火機點火。但是，打火石似乎在不知不覺間用完了，打火輪轉不動。本鄉嘖了聲，同時用力闔上蓋子，這時候聽見一旁有人出聲說了：「請問……」是年輕女孩的聲音。

「……亮子？」

「是的。」

……當年她是這麼美麗的女孩嗎？黑暗中雪白的肌膚彷彿在自體發光，本鄉好一會兒失了魂地望著年輕女孩的臉龐。

「本鄉先生，祝您生日快樂。」

「謝謝。」

答完又是一陣沉默。本鄉突然覺得很害臊。被小自己八歲的女孩子叫來「戀情會實現的地方」，還慶祝自己的生日。

「……原來沒有什麼差別呢。」

亮子目不轉睛地端詳本鄉的臉龐後說了。

「什麼意思？」

「我還以為不紅的作家，看起來會更疲憊和憔悴呢。」

「……」

「啊，對不起對不起，我不是那個意思！呃，我只是以為可能會再瘦一點，啊……」

驚覺自己說的話很失禮，亮子神色慌張地解釋。不是那個意思是哪個意思呢？本鄉並沒有因此感到不悅，笑了出來。

「不紅是事實沒錯，但只要出一本書，就可以拿到能生活半年的版稅喔。雜誌不時也會來邀稿，所以還有稿費的收入。而且身為作家，編輯他們也經常請我吃大餐。」

聽了本鄉的回答，亮子卻露出了不滿的表情。原來是這樣啊——本鄉這才意會過來。這個女孩以前也參加過文藝同好會。她是想親眼看看只有自己一個人在這個圈子裡成為作家出道，就因此自以為是的男人落魄的一面嗎？對於自己沒有察覺到對方的意圖，就像個傻子一樣地赴約，本鄉有些光火。

「……您都去哪些地方吃飯呢？」

亮子帶著不服氣的表情問，本鄉遂指向自己一抬頭就看見的建築物，回答：「像是裡面餐廳的法國料理。」指尖前方，聳立著帝國大飯店。看著全日本最頂尖的高級飯店，亮子咬住下唇。這樣啊。看到自己沒有想像中窮途潦倒，那麼不甘心嗎？那就讓妳見識一下吧——

想到了非常壞心又冷酷的主意，本鄉掛上假笑。

「剛好我肚子也餓了，亮子，不然我們一起去吃頓飯吧？」

「……」

「別擔心，當然是我請客。」

本鄉動員全身的每一吋肌肉來裝腔作勢，伸出掌心推了推亮子的後背。

如今，本鄉正獨自一人在同一間餐廳裡吃著晚餐。餐點很美味，他卻食不知味。

那天，亮子吃了一口主餐的肉，說著「真好吃」就哭了出來。不明白發生了什麼事，本鄉狼狽地急忙問她怎麼了，亮子卻只是一再重複說「沒事」，離開餐廳以後，就把手上的紙袋直接塞進本鄉懷裡，轉身掉頭就走。雖然本鄉追了上去，但早已看不見她搭上的那輛計程車。

搞什麼啊？本鄉有些憤慨，自己也坐上計程車，在後座歇了一會兒後，才察看紙袋裡的東西。裡頭放了兩個大容量的保鮮盒，和用紅色蝴蝶結與圓點圖案的透明塑膠袋裝起來的小蛋糕，包裝非常可愛。本鄉心跳漏了一拍，打開一起附上的心型卡片。

——我請母親教我，努力做了這些菜，希望會合您的口味。生日快樂。我真的很喜歡您

——

動怒下有些加快的心跳，在那一刻變成了強烈的後悔。

「……這位客人，請問不合您的口味嗎？」

前來倒葡萄酒的男侍者問道，本鄉才發現香草烤羔羊排還有一半沒吃完。

「不，是我在想事情。不好意思，我會吃完的。」

「真是抱歉，我不是有意要催促您。那請慢慢享用。」

出神地望著男侍者離去的背影，本鄉突然真切地感受到了妻子不在的現實。

……亮子，妳在哪裡？

那個時代還沒有手機也沒有網路，本鄉從來也只接過亮子的電話，不曾主動打給她。所以，他既不知道她的電話號碼，當然也不知道她家住在哪裡。

深夜，本鄉在自己一人居住的公寓裡，吃了保鮮盒裡已經冷掉的炸雞塊和變硬的漢堡排（當時已經有微波爐，但因為用不到，他並沒有買）。吃了一口當作配菜的冷冰冰馬鈴薯沙拉，他隨著翻湧而上的淚意一起嚥下小黃瓜。

得向她道歉才行——心裡雖然這樣想，卻苦無與她聯繫的管道。

但是出乎意料地，道歉的機會很快就來臨了。一週後的傍晚，亮子又打了電話來，聲音聽來很僵硬。

『……本鄉先生？』

顫抖的話聲無疑出自亮子。本鄉不由得用力握住話筒，回應地喚了聲「亮子」。

「上星期很對不起。妳做的漢堡排、炸雞塊、煎蛋捲、燉羊栖菜、馬鈴薯沙拉和瑪德蓮蛋糕都非常好吃，謝謝妳。」

『那不是瑪德蓮，是杯子蛋糕啦……』

雖然很微弱，但感覺得出亮子在另一頭笑了。本鄉如釋重負，緊握著話筒的手心也放鬆了力道。

『您現在在工作嗎？』

「不，目前手邊的工作都不急。」

面對再次到來的沉默，本鄉猶豫不決。他終於道歉了。但是，總覺得光這樣還不夠。

「……亮子，等一下能在妳之前說的那個地方見一面嗎？」

『好。』亮子在電話另一端立即回答。果然她一直在等他開口嗎？掛上電話，本鄉急匆匆地準備外出，心想對方可能也要花點時間準備，所以這一回改搭地下鐵前往日比谷。但是，當本鄉抵達廣場的時候，亮子已經到了。身穿紅色大衣，小臉埋在白色圍巾裡，樣子像個少女。

「妳動作真快。抱歉讓妳久等了。」

「不會，我剛才人在銀座的咖啡廳，是向店家借了電話。」

兩人移動到無人的長椅坐下。望著噴水池，亮子斷斷續續地針對本鄉的工作提出問題。本以為既然隸屬文藝同好會，自己應該也在寫小說吧，但亮子表示她只喜歡看，自己並沒有動筆寫過小說。截至那時為止，本鄉共出版了五本著作，透過先前的電話往來，本鄉知道亮子看過自己所有的作品。她的感想是很有趣，但本鄉不知道是不是真心話。

「……我到底缺少了什麼呢～」

說著說著，本鄉開始為自己無法成名感到痛苦，忍不住仰頭看向天空。都市的天空看不見星星，隱隱透著紫色的蒼穹象徵著已經進入黑夜。

「我認為，是人類的不潔。」

「……啊？」

這是並不期望有所回答的問題，所以聽到意料之外的答案，本鄉轉頭看向年輕女孩的臉龐。瞬間，她的唇印上了自己的唇。

——我一定會讓您成為日本首屈一指的作家。所以，請讓我留在您的身邊。我會全心全意輔佐您。

雙唇在分開時發出了濕黏的聲響，然後亮子一臉泫然欲泣地說了。本鄉震驚得半晌說不出話來，沒有答應也沒有拒絕，只是把手放在她的肩膀上。亮子彈也似的站起來，離開了現場。隔週，不知道向誰問了地址，公寓大門的門把上又掛著紙袋。裡頭放了保鮮盒，和針對他至今的著作所寫下的長長修改建議文。

從亮子的修改建議文，可以看出她的閱讀量非常龐大，涉足了各個領域的文學作品，本鄉一字不漏地認真看完。最後的結論寫道，只在懸疑小說這個領域闖蕩的話，絕對贏不了那些先驅作家，但是只要和任何人都還沒嘗試融合過的領域融合，一定可以闖出一片天。而那個領域，亮子認為就是情色。

本鄉把自己那時候文藝雜誌委託的短篇小說原稿重新看了一遍。然後心想既然引不起話題，那就試試看吧。於是重頭改寫，加入了大量的煽情場面，在截稿日交給編輯。

發生什麼事了嗎？景凡社的年輕編輯在看完原稿後這麼問。狹小的咖啡廳內瀰漫著香菸造成的朦朧白霧。

——您的寫作風格徹底改變了呢。但是，結果很不錯。

長得總有點像香菇的年輕男子在桌上收起稿了，說著「失禮了」，就拿出口袋裡的香菸點火。本鄉也跟著叼了一根菸。

——很不錯嗎？

——我覺得轉換後的風格很好，雖然還不知道大眾能不能接受，但您能用這個風格寫出系列作品嗎？我會和總編輯商量看看，您覺得呢？

本鄉大吃一驚。至今雖然一直有在雜誌上刊載作品，但都是無法出版成單行本的短篇。如果要寫成系列作品，就會變成連載。最後還能出書。本鄉感到不可置信，想起了亮子信上的內容。

「夫人尚未與您會合嗎？」

正想前往健身房，櫃檯服務員鈴木叫住了本鄉。打從住進帝國大飯店，也就是從亮子失蹤以後，第二週也已經過了一半的時間。這混帳，真愛多管閒事。

本鄉也知道，自己的失蹤在出版業界造成了不小的騷動，儘管暗中向景凡社校對部的那個年輕女孩求助，卻沒有收到任何佳音。花錢請她們吃了翻轉蘋果塔，結果只被臭罵一頓。真是的，現在的年輕女孩真沒教養。所有年輕女孩都該向亮子看齊才對。

「還沒呢。如果她到了，再麻煩你帶路了。」

本鄉答完，正想起腳離開，鈴木再度叫住他。

「本鄉老師，請問下一次新作品的舞台會設在哪裡呢？」

「這是祕密……嗯？你看過我寫的書嗎？」

「是的，其實全都拜讀過了。」

為了測試他不只是嘴上說些場面話，本鄉問鈴木最喜歡哪一本。

「我最喜歡《蝶之瞳》。」

聽到鈴木舉出單行本和文庫本皆已絕版，較不那麼有名的著作，本鄉十分意外，內心一喜，同時卻也感到苦澀。

「……內人也說她最喜歡那一本。」

小說內容是男主角與外遇的對象一起逃避現實前往法國，品嘗各地的美食，所以當時他還帶著亮子一起去法國取材。那陣子出版業界仍依依不捨地緊攀著泡沫經濟的尾巴，還是最賺錢的時候。真懷念啊。

「是啊，夫人也說過，希望有一天還能像那樣子去旅行。她還說了，希望這次是在國內。」

這樣啊——本鄉點點頭，卻因為鈴木的發言注意到了什麼，忍不住問：

「……咦？什麼時候？」

「就在前不久，夫人來做SPA的時候。」

鈴木意味深長地凝視了本鄉的臉龐片刻後，就輕輕頷首致意，邁步離開了。雖然想追上去問，但這樣一來亮子失蹤一事就會曝光。都到了這種關頭還顧著自己的面子，本鄉真對自己感到失望，但馬上放棄去健身房，急忙趕回房間。緊接著，重新看起校對部的年輕女孩校對過的亮子的留言。

——我並非鰻不在乎。我的忍耐已經超越界縣了。我要去見見你那些外遇對象。要不要溜下來看家請你隨意。亮子——

鰻↓滿。界縣↓界限。超越↓超出?溜下來↓留下來。

看了那麼多書，還為本鄉提供建言，要他轉換風格，更成功提升了本鄉在出版業界的地位，難以想像亮子會犯下這麼簡單的漢字錯誤。事到如今，本鄉才驚覺到這一點。從在稿紙上寫作變成在電腦上打字以後，自己就不再那麼在意漢字的對錯了。他懊惱得想痛捶自己一拳。

鰻魚，是本鄉唯一不敢吃的食物。但是，去年亮子拿著她特別喜歡的一本雜誌給他看，說：「我想去宮崎吃鰻魚。」妳明知道我不敢吃鰻魚——當時就快截稿了，變得暴躁易怒的本鄉非常冷漠地拒絕說「不行」。

回想起來，本鄉才發現自己已經很久沒有和亮子一起旅行了。自從為了二十年前出版的《蝶之瞳》一起去取材以來，兩人沒有再一起旅行過。那日被強吻後又過了一年，本鄉在景凡社出版的作品第一次再版了。以此為契機，本鄉與亮子結了婚。三年後，本鄉又獲得了一年有兩次選拔的五十六獎。自此之後，連載從來沒有中斷過，只要一部作品連載結束，又會動筆開始寫新作品的邀稿。

如此日復一日，就只有那麼一次，他與赤羽的女公關犯了錯。外遇一事很快被亮子發現，本鄉一而再地向幾欲發狂的妻子磕頭道歉。我再也不敢了，我只愛亮子一個人——他不知道發誓了幾百遍，口水都要乾了，亮子還是不願意相信他。直到現在，心裡還是沒有原諒他。因為丈夫外遇的罪過，日漸消瘦的妻子終究敵不過自己的妄想，才留下了這張字條——本鄉本來是這麼以為，但是——

……她該不會真的只是想吃鰻魚而已吧？

亮子極少自己主動要求什麼，也從來不曾在丈夫寫作的時候，甚至眼看就要截稿了，還像那樣百般央求。事到如今，他也才驚覺這項事實。

……我到底在幹嘛啊？

本鄉整個人倒在床上，好一半晌望著天花板。幾乎沒有踏出過家門、也不會用網路，更沒有手機的亮子，在走出家門時到底有多麼不安無助呢？光是想像，本鄉的眼淚就掉了下來。不對，哪裡不安無助了，大概一心只想著要吃鰻魚吧。本鄉用指尖揩去流下眼角的淚水，嘆了口氣坐起來。然後，開始收拾房內散落一地的行李。

雖然漫無目標，但既然亮子說過，想在國內展開一次和《蝶之瞳》相同的旅行，那十之八九是去了至今在本鄉著作裡出現過的地名。

走出房間，搭上電梯，從皮包裡抽出大來信用卡，告訴櫃檯他要退房。鈴木笑容可掬地接下信用卡，打出住宿明細單。

「小心慢走，祝您旅途愉快。」

把鈴木遞來的信封收進內裡口袋，本鄉點一點頭，走出正面玄關，坐上計程車。然後告訴司機，去東京車站。

國家圖書館出版品預行編目資料

校對女王 2, À la mode / 宮木あや子作 ; 許金玉
譯 . -- 初版 . -- 臺北市 : 臺灣角川 , 2017.03
面 ; 公分 . --（文學放映所 ; 100）

譯自 : 校閲ガール ア . ラ . モード
ISBN 978-986-473-568-6(平裝)

861.57 106001071

文學放映所100

校對女王 2 À la mode

原書名＊校閲ガール　ア・ラ・モード

作　　者＊宮木あや子
譯　　者＊許金玉

2017年3月27日　一版第1刷發行

發 行 人＊成田聖
總 編 輯＊呂慧君
主　　編＊李維莉
資深設計指導＊黃珮君
美術設計＊陳晞叡
封面設計＊陳語萱
印　　務＊李明修（主任）、張加恩、黎宇凡、潘尚琪

發 行 所＊台灣角川股份有限公司
地　　址＊105 台北市光復北路11巷44號5樓
電　　話＊(02)2747-2433
傳　　真＊(02)2747-2558
網　　址＊http://www.kadokawa.com.tw
劃撥帳戶＊台灣角川股份有限公司
劃撥帳號＊19487412
製　　版＊尚騰印刷事業有限公司
I S B N ＊978-986-473-568-6

香港代理
香港角川有限公司
地　　址＊香港新界葵涌興芳路223號新都會廣場第2座17樓1701-02A室
電　　話＊(852)3653-2888

法律顧問＊寰瀛法律事務所